生活轻哲学

動物と人間の世界認識
イリュージョンなしに世界は見えない。

动物的错觉

〔日〕日高敏隆 著
殷娟 译

人民文学出版社
PEOPLE'S LITERATURE PUBLISHING HOUSE

著作权合同登记：图字01-2018-5441号

图书在版编目（CIP）数据

动物的错觉 / (日)日高敏隆著；殷娟译．—北京：人民文学出版社，2020
（“生活轻哲学”书系）
ISBN 978-7-02-014864-6

Ⅰ．①动… Ⅱ．①日… ②殷… Ⅲ．①散文集－日本－现代 Ⅳ．①I313.65

中国版本图书馆CIP数据核字（2019）第014734号

责任编辑　卜艳冰　王皎娇　王晓星
装帧设计　钱　珺

出版发行　人民文学出版社
社　　址　北京市朝内大街166号
邮政编码　100705
网　　址　http://www.rw-cn.com

印　　制　宁波市大港印务有限公司
经　　销　全国新华书店等

字　　数　75千字
开　　本　850×1168毫米　1/32
印　　张　5.25
版　　次　2020年5月北京第1版
印　　次　2020年5月第1次印刷

书　　号　978-7-02-014864-6
定　　价　39.00元

目录

绪论　什么是错觉？

人类看到的世界与其他动物看到的世界

动物行为学的先驱、德国人乌克斯库尔（Jakob Von Uexküll，1864-1944）提出“环境界”概念，是在二十世纪三十年代。当我们观察动物时，会发现乌克斯库尔提出的概念非常重要。

正如后面所述，动物分别具有各自的环境界。该环境界与我们所看到的客观世界不同，或许可以说动物看到的仅是我们所看到的其中极小的一部分。譬如第 3 章所述的蝴蝶正是如此。蝴蝶，如果是菜粉蝶就由菜粉蝶，如果是凤蝶就由凤蝶来构建环境界，但其构建的环境界与现实世界不尽相同。假如把我们人类观察捕捉并了解到的现象作为现实世界的话，那么将与菜粉蝶和凤蝶所看到的世界全然不同。

因此世界并不是客观性的世界，而是极其主观的，因动物不同而不同。菜粉蝶构建的世界是极其受限的、非常主观的世界。那么，我们人类看到的和构建的就是真正的客观世界了吗？

其实不然。如后所述，人类也存在着感知的局限。众所周知，我们看不见紫外线和红外线。这些事物都存在于现实世界中，但我们既看不到也感受不到，现实中我们却会受它的影响。我们通过研究了解了紫外线和红外线的存在。

在了解其存在的基础上，我们会思考包含了这些事物的世界。其中一部分具有现实价值：因为紫外线存在，如果不涂抹可以抵御紫外线的防晒霜，有时会造成非常严重的晒伤。

虽然我们肉眼看不见红外线，但通过产生红外线的设备，我们可以把它作为热度来感知。于是，我们制造出了红外线加热器这一设备。通过它，我们可以构建肉眼看不到的世界。但那也只是在头脑中构建的世界，并非现实中感受到的世界。

动物也有各自的感知范围，其中凤蝶的感知范围非常广。它们可以真正地感受到紫外线，并据此构建世界。凤蝶的世界并非人类观察到的世界的一部分，而是超越了人类所观察到的世界。所以人类无法实际感受到凤蝶的全部世界。

如此说来，乌克斯库尔提出的环境界到底是指什么呢？它是现实，是人类仅能观察到的一部分吗？人类通过科学、技术，知道紫外线、红外线和电磁波等的存在，所以人们认为了解了客观的世界。换言之，人们认为那就是真实的客观世界，而动物能看到的世界只不过是其中极小的一部分。实际上通常人们也正是这么说的。

但是，比如拿菜粉蝶来说，它们所构建的世界，对它们来说就应该是现实世界，除此之外没有其他世界存在。这样的话，这个现实世界，是在虚构的基础上建立的。但这并非绝对虚构的，它对于菜粉蝶来说就是真实的现实世界。

错觉的含义

很早以前就提出“唯幻论”的岸田秀先生认为，

“由于人类的本能丧失了正常功能，取而代之的‘自我’就很有必要存在了，而这个自我其实是幻想，所以说人类是由幻想的支撑而生存的”。虽然这种说法很早以前就存在，但是岸田先生的论点既明快又很有说服力。

正如岸田先生所说，人类自古以来拥有各种幻想，并据此形成了各种各样的生活方式。但依靠本能生存的动物（除人类以外的动物），也并非没有某种意义上的幻想。

乌克斯库尔的环境界理论在这一点上非常值得我们深思。详情将在第 2 章中论述，人类以外的动物对周边的环境，也并非都靠本能就事论事地看待。

毋宁说正因为有了本能，才能通过本能提取周围环境中的若干现象，赋予其意义然后构建自己的世界认知，并在这样的世界（乌克斯库尔所说的环境界）中生存、活动。

该环境界绝非“客观”存在的现实事物，说到底是由该动物主体从“客观”的整体世界中提取、抽象化的主观事物。

而对于人类来说，也许就相当于岸田先生所说的“现实即幻想”。

究竟应该把那种事物称作什么才好呢？

或许也可以把它称为“幻想”，但这样一来，就会与人类一般意义所指的幻想混淆。人类的幻想还包括各种各样的空想，但是我们却无法想象人类以外的动物，能够感受空想并发现自我。

那也可以说成是某种错觉。但那未必一定总是“误会”，也不一定与客观性事实不一致，不一定是错误的认知。

极其通俗地说，那或许是某种意义上的有色眼镜。但是，假如将其称为动物和人类的有色眼镜，那么会给人留下相当局限的印象。

思来想去，我最终决定把它称为错觉（illusion）。

错觉(illusion)这个词包括了幻觉、幻影、幻想、错觉等各种含义，它具有包括所有含义的可能性，而且还包含认知并构建世界方法的含义，所以

在此我想用“イリュージョン”（illusion）这个日语片假名。这样也可以避免与岸田先生的唯幻论相混淆。

错觉的作用

菜粉蝶具有菜粉蝶才有的错觉。其错觉是通过它们的感知范围形成的。在其感知范围内，感知世界，构建世界，在该世界中进行相应的行为，并由此摄取食物，而且不断地繁衍后代。就这样，菜粉蝶在这个地球上连续生存了几十万年。其他动物也是如此。

人类在现实生活中既然也具有感知的范围，那么就不可能完全彻底感知这个地球上存在的所有事物，并据此构建世界。但我们通过理论却可以。如果形成了科学理论，那么根据该理论就可以认识到各种各样的世界。然后再据此采取行动，或据此制造机器设备，从而得以不断繁衍。现在的人类就是这样生存过来的。

现实中包含了我们无法感受到的事物。就拿紫外线来说，我们虽然知道有紫外线的存在，却感受不到它，我们完全不知道紫外线是什么颜色。即使再怎么通过机器证明它的存在，也无法实际感受到它的颜色。那么，它到底是什么呢？理论上存在，脑子里明白，但现实中却无法通过看和触摸去实际感受到它。这难道不是某种错觉吗？

进一步说，这个错觉的建立以每个动物的感知范围为根据，人类也同样如此。人类构建的世界可以说也是由错觉形成的。比如说，人类知道死亡这个事物，其他动物大概不知道。人类理论上知道死亡，但自己却无法感受到死亡，无法靠感知去认识死亡到底是什么。

人类由此开始产生烦恼。虽然知道死亡的存在，但既然存在于人类感知范围之外，人类就无法体验到死亡，却不得不构建包括死亡在内的世界。那么，死亡究竟是什么，死后的世界到底是怎样的，人类对此完全一无所知地构建了世界，所以如此构建出来的世界，只能说是错觉。人类正是立足于这样的错觉之上从事各种活动。

由此也产生了宗教，产生了许多类似信仰的行为和各种思想。世界各地也产生了多种多样的仪式或礼仪。但是，其根源在于刚才说到的错觉。这种错觉究竟具有怎样的作用，本书将对此进行探讨。

第1章
猫所认知的世界

猫眼中的陶瓷猫

我三十多年前开始养猫。当然不是同一只猫，而是接连不断地换代。既有同时养十只以上的时候，也有只养一只的时候。

猫也具有个性，有各种各样的猫。当我观察这些猫的行为时，我逐渐明白了它们是如何认知自己周边的世界的，我觉得颇有意思。

有一天，我妻子在镰仓还是横滨我记不清了，买回了一个非常逼真的陶瓷猫。英国制造，蓝灰色，恰好与真猫大小一样，坐在那里一副悠然自得的表情望着这边。

有一天，我把这个陶瓷猫放在桌子上。

不久，我发现当时家中养的一只大公猫不停地哼

陶瓷猫

叫。我走近一看，原来这只公猫对着那个陶瓷猫，摆出正要攻击的姿态。公猫弓起腰，露出牙齿哼叫着。但陶瓷猫理所当然没有任何反应，只是凝视着准备进攻的公猫。

公猫好像逐渐害怕起来，腰越来越弓，耳朵支到了后面，一副非常害怕的样子。哼叫声也越来越大，但陶瓷猫仍巍然不动。

面对如此大的威慑也不惧怕的姿态，或许让公猫觉得对方应该是一只非常厉害的猫，所以它的姿态变得越来越恐惧，哼叫声也越来越激烈。

终于这只公猫鼓足了勇气，抬起右爪，站立起来，想去拉拽陶瓷猫。突然间，公猫的爪子敲到了陶瓷猫上并发出“咔嚓”的声响。当时，被吓了一大跳的公猫的表情着实很滑稽。此后，这只公猫再也不拿陶瓷猫当回事了。

公猫大概已经知道那不是真猫了吧。但它之前确实是把陶瓷猫当成了真猫。这点令我觉得非常不可思议。为什么呢？因为陶瓷猫当然是没有长毛的，只是形状完全跟真猫一样，当然也没有气味。但公猫却把陶瓷猫当成了真猫。它到底是凭什么把陶瓷猫认知为真猫的呢？

为此，我将做工非常像猫的毛绒玩具猫拿给这只公猫看。有像成年猫一样大的，也有像小猫一样大的。当时，这只公猫靠近那个非常逼真的毛绒玩具猫，时而拨弄一下时而啃咬一下。也就是说，它是在跟那个玩具猫玩耍，完全没有把它当成真猫。但是，从我们人类的角度来看，这个玩具猫虽然没有气味，但是它有毛，并且看起来就如真猫般可爱。

猫究竟是如何认知其他猫的呢，我对此非常感兴趣。

有一次，我在书中还是论文中看到，如果将一张母猫的画给小猫看的话，小猫就会把它当作真正的母亲，和它嬉戏。这个故事引起了我的兴趣。

猫对画中猫的反应

于是，我干脆在比较大的画纸上，用万能笔简单地画出猫的素描画。这是一幅四脚站立，猫尾微微右伸的素描画。令人吃惊的是，猫们马上向画走了过来。母猫伸长脖子的话，正好猫嘴可以碰到画中猫的前腿根部到猫肩部的地方。它将鼻子贴到画中猫上，哼哼地嗅起气味来。我很是吃惊。接着小猫晃晃悠悠地走过来。因为个子矮，它把鼻子贴近画中的猫时，只能够到画中猫的前腿。与母猫一样，小猫也哼哼地嗅起画中猫的气味来。

公猫就更有趣了，公猫不是嗅画中猫的身体前方，而是将鼻子贴近尾巴根部嗅气味。那里是母猫性器官和肛门的地方。也许公猫仅靠画无法判断是公还是母，所以才将鼻子贴近性器官嗅气味的吧。

无论是公猫、母猫还是小猫，都是一嗅气味，似乎马上就明白了这不是真猫，便立即失去兴趣离开了。

这仅仅是非常简单的、用黑色万能笔一次性勾画出的线条画而已，没有任何特殊的东西。但是看到这个，猫们就都靠过来并开始嗅气味。这只能说明，猫虽然看到的是平面的猫，却把它想象成了立体的猫。后来，我又对最熟悉家里情况的一只猫做了以下的实验。

有一次我为了打扫房间，将各种杂物扔掉了，之后房间里变得空空荡荡，我在其墙上贴了一张大纸，并画上接近实物大小的桌子和椅子。当然，说是画，其实也只不过是简单的线条画。然后，把猫放进那个房间。一开始猫由于被放到丝毫不熟悉的房间，焦虑地环顾着四周，但它马上就注意到了画。猫走近画中的桌子，鼻子贴到桌腿开始嗅气味。接下来，猫走近画中的椅子，鼻子贴着椅子腿儿开始哼哼地嗅了起来。然后，因为没有任何气味就马上离开了。

接下来的实验是，我在窗户旁边贴了一张大纸，在纸上画了窗户。窗户有一扇是开着的。然后把猫放进这个房间，猫又显得很焦虑。这个房间的入口关着，另外三面都是墙。画着窗户的画比真正窗户的地方低一些，但由于那时是晚上，真的窗户没有亮光，房间开着灯，所以可以看到那里有开着窗口的画。将猫放进房间后，观察了一会儿猫很焦虑的样子，而后我突然弄出很大的声响。猫吓了一大跳，并且试图逃跑。此时，猫突然跳到开着窗户的画上。画纸由于是用大头钉固定的，所以被猫爪子一抓当然会掉落。

猫连同画纸一起翻着筋斗摔到了地面上。猫非常恐惧地在房间里来回奔跑，试图设法逃脱。这时我连忙说“乖乖对不起，对不起”并抱起了猫。

猫的世界

这也太不可思议了。无论是上次做的实验，还是这次做的实验，使用的都仅仅是一张平面画。而真猫不用说都是立体的，真正的桌子也是立体的。但是，猫对平面画中的猫、桌子、椅子、窗户都做出了完全与对真猫、桌子、椅子和窗户一样的反应。它们认为假的那些平面画就是真的。这实在是不可思议的环境认知。对于我来说，这也是一个非常有趣的经历。

回想起来，我明白了许多事情。比如，如果是养猫的人，大家都知道，猫总是想开门出去，有的猫在门前叫唤，也有的猫一直坐在那里不动。总而言之，猫想出去的时候，主人就必须将门打开。而猫想进来的时候，也是很随意地想进来就进来。叫唤的猫还好，要是不叫唤的猫，真是一点也搞不懂它们的意图。它们会随意地进进出出，不管冬天的寒冷。

于是，我们家在房间门上设法安装了活动小门。也就是说，一推门就可以打开，当猫通过后，门马上会关上那种。因此，风不会从这里进来，而猫则可以自由出入。后来，我妻子画了一个与实物一般大小的猫脸，剪下来，贴在这个活动小门的进口处，意思是这里是猫的入口。这完全出于好意，也就是说，本来是打算告诉猫：这里是你们猫的通道哦。

但是，以前会大摇大摆地自由出入活动小门的猫，突然间不从这里通过了。猫走到小门近旁，显得非常恐惧并止住了脚步，不再进一步靠前。为什么会这样呢？我一直感到很奇怪。但通过刚才说到的各种经历，我明白了其中的原因。也就是说，猫看到画的猫脸，把它当成了真猫。这个画比一般猫脸画得要稍大一些。因此，猫觉得有一只比自己大的猫在那里，感到恐惧，不敢从那里经过了。

从这些经历中，我逐渐明白了猫是如何认知自己的同伴以及自己周围的事物的。它们并不靠那里存在的立体物体、气味之类的东西来认知周围世界。即便是完全平面的线条画，它们也似乎可以作为真实事物来认知。然后它们为了确认是否真实去靠近嗅气味，并由此最终搞清楚那到底是什么，是实物还是非实物。

这个实验隔一段时间，即使再重复做几次，也一定都是同样的结果，所以，猫似乎并非看过一次，就能记住这个是画，那个是实物。虽然猫知道了这并非实物，但却没有学会判断真假的技能。这使我认识到它们以我们无法想象的形式构建着世界。

猫所认知的世界，从我们的角度来说，既非某种现实，也非所谓的客观事物。但是，从猫的角度来看，却是非常重要的认知，我觉得猫要想认知自己的世界，除了上述方法大概没有其他的选择了吧。

第2章
乌克斯库尔的环境界

蜱虫的世界

第1章中猫的例子在我们思考何为环境时具有非常重要的意义。二十世纪三十年代初，乌克斯库尔就环境和世界的问题，提出了非常有趣的理论。

我们说到环境的时候，过去特别是在生物学上，将围绕某生物（当然包括人）周边的事物称作环境。德语称为Umgebung，指周围的事物。所以德日辞典上写着“Umgebung”即是“环境”。其他辞典上环境有如下表达，英语为environment、法语为milieu或environnement、俄语为среда。

英语的environment，是environ的意思，亦即围绕的意思，其他语言也同样。也就是说，围绕着的事物，我们称之为环境。而在曾经的“自然科学”认识中，环境被认为是客观存在的事物。例如，温度是几度，湿度是多少，空气的浓度，氧气的浓度，二氧化碳的浓度如何，等等，全部可用数字表述的事物才是环境。

环境也包括草等事物。是什么草、开着什么花、有怎样的树，有怎样的石头，等等，应该都可以表述。这是居住在那里的动物的环境，是客观的环境。这种认识是最正统的环境定义。

但乌克斯库尔不那么认为。

他在1934年，与克里萨特（Georg Kriszat）合著的一本很小的书，即《动物与人类的环境界漫游》（*Streifzüge durch die Umwelten von Tieren und Menschen*，S.Fischer Verlag）（日译书名《生物看到的世界》，日高敏隆·羽田节子译，岩波文库，2005年）中，对此进行了详细论述。

其论述极具理论性，读一遍有些难以理解，但他以蜱虫为例的讲解，给许多人留下了深刻的印象。

树林和灌木丛的树枝上会栖息着小蜱虫。这个动物以温血动物血液作为食物。蜱虫会爬到适合自己的灌木丛树枝上，在那里静静地等待着猎物。当偶然有小的哺乳动物从它下面经过时，蜱虫则会立即落下，并附着在哺乳动物的身体上。

蜱虫没有眼睛，爬到埋伏的树枝上，要依靠全身皮肤对光的感觉感知世界。当它捕捉到哺乳动物皮肤上散发出来的酪酸气味时，就会立即掉落下去。酪酸的气味就是有猎物的信号。

蜱虫凭借其敏锐的温度感觉，感知到自己落到温热的东西上后，就依靠触觉找出毛稀少的部位，然后将嘴钉入并吸吮血液。通过这个方法，蜱虫可以找到食物，靠食物的营养产卵并留下后代。

这一系列的过程，如果用生理学来理解的话，首先是光，然后是气味，接下来是温度，最后是触觉，这一过程就是一连串的机械性反射行为。

这样看来，蜱虫只不过是一台机器。而对此，乌克斯库尔却追问道：蜱虫到底是机器，还是机械师呢？

光、气味、温度、触摸，全部都是刺激。刺激虽说是一个信号，但只有在信号被主体觉察的时候，才成为刺激。

蜱虫将各种信号理解为具有意义的知觉信号，并作为主体给予反应。其结果是，蜱虫获得了食物，并留下了后代。也就是说，蜱虫不是机器，而是机械师。

对于作为机械师的蜱虫来说，其环境存在着各种各样的事物。有空气，空气的流动，光，阳光照射产生的温度，植物的气味，树叶摩擦声，各种虫子的气味和走动声，也许还有鸟鸣声。但是几乎所有的这些事物，对蜱虫来说都不具有意义。

在围绕着蜱虫的巨大环境中，只有哺乳动物身体发出的气味，体温以及皮肤触摸刺激这三个事物，对蜱虫来说才有意义。这么说来，对于蜱虫来说的世界，仅由这三个事物所构成。

乌克斯库尔说，这就是蜱虫的贫瘠的世界。而正因为蜱虫的世界如此贫瘠，才保证了蜱虫行动的准确性。乌克斯库尔认为，蜱虫为了生存下去，与丰富多彩的世界相比，准确性对它们来说更为重要。

对动物来说，什么才有意义？

也就是说，各种动物都是从周边环境中，识别对自己来说具有意义的事物，通过对有意义的事物进行组合，来构建自己的世界。

例如，对毛毛虫来说它们爬着的叶子，是它们可以食用的植物。因此，该叶子的存在被认知为具有重要的意义。而除此之外的植物，对毛毛虫来说都没有意义，因为那些不能食用。而且除此之外，空气什么的，并没有什么认知的意义。结果就是只有叶子具有意义，其他的事物等同于没有存在。

但是，毛毛虫也有天敌。蜜蜂之类的会飞来吃它。这些敌人对于它们来说就具有意义。敌人到来的时候，会投下影子，它们的翅膀会扇动空气。毛毛虫给这样的空气流动赋予了重大的意义。这与微风吹动的空气流动是不同的，它关乎自己的性命。对于那种具有危险意义的空气流动，毛毛虫会扭动身体试图逃脱，或者掉到地面上，试图靠这个方法避开敌人。

毛毛虫能够认知具有危险意义的事物的存在。

它们的世界几乎都是由具有食物和危险意义的事物组成。盛开着的美丽花朵对它们来说毫无意义。那些既不能做食物又不是天敌的事物不存在于它们的世界中。对于它们来说最为重要的并非被称为客观环境的事物，而是它们作为主体、这里所说的毛毛虫，所赋予意义的、构建的世界。

乌克斯库尔认为这才是最重要的。他把它称为“环境界”（Umwelt）。Um是周围的，Welt是世界的意思。也就是说，乌克斯库尔认为，它们周围的世界并非单纯围绕它们的事物，而是它们作为主体赋予了意义并构建的世界。

因此，所谓客观的环境是不存在的。不同的动物，各自作为主体，分别对周边事物赋予意义，并通过这个来构建自己的环境界。而且，对于它们来说存在的是它们的那个环境界，有意义的也是那样的世界。所以，通常的、客观的环境是不存在的。也就是说，所谓的环境，动物主体不同，则世界也会有所不同。

举例说，在所谓的客观环境小树林中有一只鸟。从鸟的角度来看，怎样的树，叫什么名字的树，什么时候结果，在那时都没有意义。为什么呢？因为这个鸟不吃树的果实，它吃虫子。对于吃虫子的鸟来说，存在的有意义的事物，一个是天敌，另一个是自己的食物。它的食物是虫子，而且，这个鸟吃活的虫子。因此，只有会动的虫子才有意义。

小石子，也许是死虫子这些东西，鸟不吃。因此也就是说必须会动对鸟来说才有意义。

那些小虫子只有在活动的时候才能被这个鸟看见，才会作为存在的事物被认知。那时鸟才会去啄它，想吃掉它。而这个鸟也会得以生存。周围不会动的事物有很多，对于这个鸟来说都没有意义，等于不存在。也就是说，对于主体动物来说具有意义的事物构建了这个主体动物的世界。

对同一房间的不同认知

乌克斯库尔用一幅非常有趣的、著名的画来解释这个事情。

那幅画里画着类似客厅一样的房间。桌子上放着少许食物和饮料，周围放了几把椅子，应该是为来客准备的。房间的角落里放着摆满书的书架。书架前有类似阅读架一样的东西，还可以看到工作时坐的、类似柜台用的圆形椅子。电灯开着，垂挂在天花板上，发着明亮的光。

从人的角度来看，这个房间像个客厅，有桌子，桌子上摆放着食物。电灯在上面闪闪发光。房间的角落有书架，摆放着好多书。在书架前有阅读架。而且，还有为来客准备的椅子和沙发。这是人所看到的“这个房间”的情景，并认为这是“客观”的，这就是环境。

但是假如狗进入这个房间，看到的情景又是怎样的呢？从狗的角度来看，它们对食物感兴趣，也对饮料感兴趣。上面尽管亮着电灯，但狗对光亮是不太感兴趣的。而且狗对书架上摆放了什么书不感兴趣，对工作用的阅读架也不感兴趣，所以这些东西在画中一律被涂成灰色。

对于狗来说感兴趣的、它们构建的世界中存在的，是那个桌子上摆放的食物和饮料。在那幅画中，这些，特别是食物用的盘子被画成白色，很明亮。椅子和沙发在狗看来，由于是它们的朋友人类坐的东西，所以也会感兴趣。因此，这些东西被画成浅灰色。除此以外的东西对狗来说存不存在都是一样的，等于没有，不存在的东西，所以，这些在画中被画成灰色。这与人看到的房间完全不同。

假如是苍蝇飞进了这个房间，对苍蝇来说感兴趣的只有食物和饮料。从苍蝇的角度来说，只有这些看上去才闪闪发亮。而桌子呀椅子呀，这些东西有或没有都无所谓。

苍蝇对书架、阅读架之类的东西也不感兴趣。这些东西几乎都是灰色的。但是由于苍蝇具有趋光性，它们知道电灯亮着。所以苍蝇的世界是上面照射的电灯，星星点点地摆放着的饮料和食物，仅此而已。其他东西相当于不存在。

但是，现实中这个房间是存在的，房间里有各种东西，至少人可以看到。但是狗看不到全部。狗看到的是有限的东西。苍蝇看到的东西则更少。尽管房间本身俨然存在，但对于动物来说具有意义的世界，并非整个房间这一所谓的客观事物。动物生活在它们自己的环境界中，并非在对它们来说没有意义的客观环境中。这就是乌克斯库尔的“环境界理论”。

人看到的房间

狗看到的房间

苍蝇看到的房间

动物行为产生的理由

该环境界理论，在乌克斯库尔二十世纪三十年代提出的时候几乎不被认可。他是动物学家，也应该是科学家。当时的科学必须以唯物论的观点去看待事物。也就是说，世界上实际存在着各种各样的事物，而且我们也认可它们的存在。如果不是实际存在的也就不能算是科学。

与之相反的观点应该是康德的唯心论吧。按照康德的观点，我们认可的事物就是存在的，但是仅靠这一点不能成为科学。所以当时一般流派都认为科学不能是康德性质的，必须是唯物论的性质。

在那种背景下乌克斯库尔主张由主体认知的事物构成的世界才具有意义。这完全不是唯物论，是极其康德性的观点。所以人们带有反感地认为用这样的方法科学无法进步，也不能以这样的形式从事科学工作。因此乌克斯库尔尽管是动物学家，却最终没有能够成为大学的正式教师。

但是后来一直有人存在这样的疑问并不断地思考：如果不用这样的观点，我们怎么去了解生物世界？

特别是在动物行为学中，这是重大的问题。动物都会有某种行为。为什么会有那些行为？以怎样的机制行动？动物们在做那些行为时带着怎样的认知？又是如何构建世界的？如果不思考这些问题，我们就无法理解动物的行为。于是，乌克斯库尔的环境界理论逐渐变得越来越有意义。

在了解了第1章所述的，猫所看到的世界，也就是猫的环境界是什么样的时候，我们才会知道猫为什么会有那样的行为。狗不会那么做，而猫会那么做，为什么呢？当我们明白这些的时候，也就理解猫这种动物，明白对猫来说什么是必然的事情，也会理解猫的世界。

第3章　树叶与光

凤蝶在哪里飞

蝴蝶翩翩起舞，优美地飞舞着。不经意间看到的蝴蝶就是如此飞着。但是如果仔细观察的话，就会发现蝴蝶并不是在哪里都飞。如果使用环境界这个词语的话，在我们看来有树木、道路、房子的世界中，蝴蝶应该也构建了属于它自己的环境界。

我从很早以前就开始研究蝴蝶，所以不得不思考这样的问题。虽然已经出版了《蝴蝶为什么飞？》（岩波书店，1975年），也许有很多人已读过它，但在那本书里实际上我对一些无聊的事产生了兴趣。

那就是燕尾蝶，也就是带有黄色和黑色条纹的普通凤蝶。如果仔细观察燕尾蝶飞行状况的话，就会发现其飞行路线比较固定。比如，它总是在路的右侧飞行，而不在左侧飞行。这是为什么呢？我不明白。跟别人说起这件事情，人家说，你管蝴蝶飞哪一侧干吗？可是对我来说事情不能就这么结束。为什么飞右侧而不飞左侧呢？我努力地思考了这个无聊的问题并进行了调查。

结果发现事情原来很简单。

燕尾蝶是沿着得到太阳充分照射的树梢飞。所以假如右侧有树木的话，凤蝶则在右侧飞，而不在没有树木生长的左侧飞。或者虽然路的两侧都长着树木，但凑巧太阳没有照射到左侧的树木，仅照射在右侧的树梢，那么凤蝶会只沿着右侧的树梢飞，绝对不在左侧背阴的地方飞。当我们观察蝴蝶飞行的时候就会觉得它的飞行路线很固定。其理由原来不过如此。

随着道路的弯曲，阳光的照射角度也会有所变化。有时右侧的树梢会成为背阴处，左侧的树梢会很好地被阳光照射。遇到这种情况时凤蝶会从路的右侧向左侧移动。据此我们可以预测在这里蝴蝶要过马路。而实际上也正是如此。

在凤蝶构建的环境界中，被阳光照射的树梢非常重要，对蝴蝶来说仅仅注意被阳光照射的树梢，因而沿着它飞行。

我最初没有留意到日照，以为蝴蝶是在有绿色树叶的地方飞。可是草原上，有时树木并排生长，此时，凤蝶也并不是在绿色草原上飞来飞去，而是沿着树木飞。但仅限于树梢可以被阳光照射到的情况。

在同样树木生长的地方，菜粉蝶则在其他的地方飞。菜粉蝶绝对不会沿着树梢飞。即使偶尔被风吹得飘起来，它们也会立即飞下来，飞到下面的草原，并在草原上任意飞行，完全看不出来有固定的路线。虽然都是蝴蝶，却如此不同。这是为什么呢？我想了很多。

凤蝶的同类特别是燕尾蝶，在枸橘或柚子等柑橘科树叶上产卵，幼虫吃着树叶长大，并在这棵树上成蛹、羽化。

雄蝶尽可能寻找新的雌蝶，想让它们产下自己的孩子。雄碟为此飞来飞去，拼命地寻找雌蝶。

新雌蝶可能会在哪里呢？是在有枸橘、柑橘或柚子等柑橘科树木的地方。在生长禾本科植物的草原或者有卷心菜的菜园里，出现新雌蝶的可能性几乎为零。所以，雄蝶如果不沿着树梢飞的话，就没有可能找到雌蝶。

而且柑橘或柚子这样的树木是阳树，所谓阳树是指在阳光照射地方生长的树木，并非在郁郁葱葱树林中生长的阴树。树梢上如果照射不到阳光，那么有可能一整天那里都照射不到阳光，那样的地方不会生长柑橘科的阳树。所以即使在那里飞来飞去也没用。但是现在太阳能照射到的地方，一定是一天当中可以照射到阳光的地方，所以在那里生长阳树的可能性非常大。它们构建的世界，是有阳树的地方。它们在那样的世界里飞舞。

同样的事情也适用于雌燕尾蝶。

雌燕尾蝶产卵的地方是柑橘、枸橘、柚子这类柑橘科阳树的叶子上。由于地面上生长着各种各样的植物、各种各样的树木，蝴蝶的鼻子（触角）也并不特别灵敏，无法从远处嗅到柑橘或柚子的气味而飞到那里去。它们尽管一直飞来飞去地寻找，但只有飞到柑橘科树木的附近时才会嗅到依稀的香味，并据此进行辨别。除此之外别无他法。我通过调查才弄清楚这一点。

于是雌蝶也是一样，沿着阳光照射到的树飞行，偶然感受到柑橘科树木的气味时就会停留到树上，用四肢确认无误后才进行产卵。因此对它们来说，有意义的树是那些柑橘科的树木，与草完全没有关系。有草或无草与它们毫无关系。

关于菜粉蝶

然而，菜粉蝶的幼虫通常吃卷心菜成长，本来也吃荠菜（喷喷草）或水芥菜之类野生十字花科的草叶。因此，产卵时也是在十字花科植物叶片上，于是新雌蝶也在这里出没。没有一点草的道路中间，或者操场中央之类的地方，既不会孵化出菜粉蝶，也不会长出可以产卵的草。树上也不会生长这样的草。因此，菜粉蝶要四处寻找长草的地方。即使被风吹得飘到了树上，也要赶快飞回到有草的地方。

由于草原非常宽阔，太阳从正上面照射下来。刚才提到的十字花科植物都是生长在朝阳的地方。只要是太阳能够照射到的地方哪里都行。整个草原都朝阳，因此菜粉蝶没有一定的路线，在朝阳的草原上到处飞来飞去，但绝对不会飞到树上，不会去太阳照射不到的地方。这样一来，菜粉蝶飞的地方就固定了。对它们来说最重要的世界，就是太阳可以照射到的草原。

草原上生长着零星树木时，我们可以看到整个草原，所以将长着零星树木的整个草原看作环境。但是对于蝴蝶来说，并非整个草原都是它的世界。对凤蝶来说，草原本身不存在于它的世界中，这个草原上生长的、阳光照射到的树木才是它的世界。而对菜粉蝶来说，树木等于不存在，最重要的是照射到阳光的草原。虽然是看同一个地方，但对人类与菜粉蝶和凤蝶来说是完全不同的世界。这不能用一个“环境”来概括，并且把这个叫做客观环境对它们也没有意义。

“环境界”这个词，过去被翻译为“环境世界”。我们在思考乌克斯库尔否定客观意义上的环境，提出主体动物积极地构建的世界才是问题关键的时候，“环境世界”这个词反而成为了否定其主张的译词。我认为这个词没什么价值，所以我主张用“环境界（日文为“环世界”）”这个词。

草原上飞舞的雄性菜粉蝶。对它们来说存在的是照射到阳光的草。它们一边飞一边寻找雌性菜粉蝶

总而言之，最重要的就是这个环境界，一般意义上的环境并不重要。

比如，我们说“良好的环境”的时候，多指干净、安全、安静，有适当数量的绿树，但没有杂草的地方。而且要顾及到教育及购物的方面，交通上也要比较便利。这不是一般的自然环境的问题，而是有上班族和学生的一般家庭的环境界的问题。我们总说的“孟母三迁”的故事也属于这个范畴。

绿树也是没有毛虫的树比较好，秋天落叶的时候最好不要太难清理。夏天如果有萤火虫的话就最好了，最好不要有蚊子和马蜂之类。对于这样的事物的限定是人类觉得有价值的事。

这样一看，对人来说良好的环境，对蝶、蜻蜓、瓢虫和小鸟来说绝不算是好的环境。这样的动物，在这样的环境里大概也不能构建自己的环境界吧。我们无意中所说的“环境”其实已经和环境界的问题相关联了。

由错觉构建的世界

自然界由各种各样的事物构成。详细调查一下就会知道，有怎样的花草树木，在它们下面生长着怎样的青苔，有怎样的细菌，或有怎样的动物，它们吃什么，这些动物寄生在什么东西的身上。

我们人类希望尽可能整体性地、客观性地来看待这些事物，而对于动物而言重要的是各自所具有的世界（环境界）。它们构建自己的环境界，并在其中生活，不管自己周围有多少多种多样的事物存在，不属于自己环境界的事物，对于它们来说就等于不存在。但是假如人类看到的所谓的“客观环境”是真正的实态，是实际存在的话，那么各个动物所看到的世界则都不是客观的认知，而是由错觉产生的认知。

进一步说，这还有距离的问题。

我们人类可以看几公里远的距离，所以很容易认为其他动物也同样可以看到远处。

可是当然如预想的那样，实际并非如此。众所周知，狗“近视”，看不到远处。另一方面，猫似乎可以看到相当远的地方。大草原上的大型兽类，可以看到更远的地方。

但是，蝴蝶和苍蝇是怎样的呢？

仔细观察飞到雌蝶身边和花上的蝴蝶行为，就知道它们只能看到很近的距离。具体来说，燕尾蝶可视距离为1米，至多1.5米左右。比燕尾蝶体型小的菜粉蝶的可视距离，仅为75厘米左右。而体型更小的蚬贝蝶等，则只能看到不足50厘米远。

比这个再远点的地方它们看不到。绿草和树叶，似乎模模糊糊从更远处（燕尾蝶是几米到10米以上）也可以看到，但是却无法识别雌蝶或花朵这些特定的东西。所以，蝴蝶才如此随意地飞来飞去。

第2章所示乌克斯库尔环境界的画（第44页和第45页）中，舍去了距离问题，只画出了赋予意义的部分。

苍蝇大概连50厘米远也看不到吧，所以虽然不知道实际上苍蝇如何看待那幅画里的房间，但乌克斯库尔在论述视觉空间的部分，出示了后面第50页及第51页的画。

那是从一所房子二楼的窗口所看到的街道景色。它显示的是，透过细小的窗格看到的风景相当模糊，但苍蝇看到的风景更加模糊，当蜗牛之类的软体动物看时，只有几个明暗的图样而已。

当然，这是根据当时对苍蝇和蜗牛视觉生理学研究所取得的成果，由乌克斯库尔所构建的假想。不知道这有多少合理性。

苍蝇的眼睛，是由多个小眼睛组成的复眼。我们曾经受到的教育是，通过复眼看物体时，看到的世界是马赛克状的。这个观点现在已被完全否定了，昆虫是在完全不同的情况下识别世界的。要解释清楚这个问题需要用好几页纸，在这里略去不说。总而言之，马赛克一说也仅是研究人员一时的错觉。

乌克斯库尔在画这些画时，马赛克一说还没有被提出来。所以这幅画没有变成马赛克状。

但不论怎么说，各种动物通过错觉来构建自己的世界，并在其中生存。对于那些动物来说最为重要的是对于它们而言的环境界。

如何看待同一地方的同一东西？（摘自乌克斯库尔的书）

人们看到的街道风景

该照片是为了了解模糊时的样子而加了网格的照片。但本质上构图没有变化

乌克斯库尔根据想象画的苍蝇（家蝇）看到的同一街道的风景的画

乌克斯库尔根据想象所画的软体动物（蜗牛）看到的同一街道的风景。其实，苍蝇和蜗牛能否看到那么远都值得怀疑

第4章
声音与动作创造的世界

众多刺猬之死

动物建立的环境界，有时是我们难以想象的。我以前曾在法国生活过一段时间，在巴黎郊外饲养过一只刺猬。刺猬这种动物在欧洲是极普遍的野生动物，一直到欧亚大陆的朝鲜都有，但遗憾的是日本没有。它全身都是刺，看上去似乎很可爱，但你要是想抱起来抚摸它的话，刺就会扎得你很痛，绝对不会有抚摸猫那样的感觉。唯一可以抚摸的部位是鼻子，因为只有鼻子上没有刺。有趣的是刺猬也喜欢鼻子被抚摸的感觉，看上去很舒服的样子。

去巴黎郊外的行车道上，早晨有好几只刺猬被车压死在路上。我觉得非常可怜。为什么会这样呢？我不是很清楚。我想大概刺猬眼神不好，看不到远处，所以过马路时不知道汽车过来而被压死了吧。但是后来我才知道好像并非这么回事儿。

我在巴黎时的老师勒内•博杜安抓到了在路边闲逛的刺猬，并带回了家，将它放在院子的笼子里，还给它做了个类似窝的东西，撒上枯叶，养了一段时间。饵食是院子角落里挖出来的蚯蚓。蚯蚓有很多，放在类似大碗的器具里，搁在笼子的一角。

蚯蚓在大碗里蠕动却跑不出去。大概蚯蚓散发出的气味引得刺猬从窝里走出来，一边抽搐着鼻子，一边在笼子里走来走去。它似乎确信一定有饵食，急切地快速地在笼子里走来走去。有时都走到了装着蚯蚓的大碗旁边，但是什么也没做就走开了。就这样反复多次。它为什么会不知道有蚯蚓呢？不，它知道有蚯蚓，但似乎不知道是在什么地方。

我焦急地等待了一会儿后，看到有一只蚯蚓蜿蜒蠕动着从大碗边缘掉到下面的枯叶上，发出沙沙的响声。突然，在笼子另一侧角落走动的刺猬，径直走到那个枯叶的地方，瞬间就把蚯蚓吃掉了。这太有趣了。刺猬通过气味知道蚯蚓在附近，但却不知道具体的位置。让它知道的是声音，是枯叶发出的很微弱的沙沙声。刺猬听到这个声音，就知道有什么东西在动，所以走近它。我想它们就是这样看待周围世界的。

于是，我拿来一根长棍子，捅刺猬所在的另一侧笼子角落的枯叶。刺猬立刻就跑了过去，在那一带的枯叶上搜寻。当然，那里没有蚯蚓。然后我又再捅另一侧的枯叶。刺猬又马上跑到另一侧来。总而言之，它对枯叶的声音做出了反应。后来，我通过调查得知，这种声音里包含了一定范围的超声波。刺猬对这个超声波非常敏感。刺猬靠气味知道有饵食，并探查其声音。一旦有沙沙声，就会飞快地跑到那里，继而发现饵食。它们的世界似乎就是这样的。

刺猬眼神不好，几乎看不到远处。它所依靠的是声音，而不是蚯蚓的身体。气味仅仅构建了模糊的世界。我第一次明白了刺猬的世界，后来经过各种调查，我知道这种小的（这里的小有声音小的意思，也泛指广义上所有微弱的声音）声音或许含有超声波，对刺猬来说，它意味着可以成为饵食的动物正在活动。

我们可以认为刺猬就是通过这种形式构建它们的环境界的。如果刺猬感知到更加剧烈比如地面震颤一样的“吱吱吱”的声音时，表示大型动物的到来，它就会立即缩成一团。刺猬缩一团时身体就完全成为一个刺球，即使狼这类大型动物来到跟前也无从下口。也就是说，刺猬虽然几乎看不到，但它一边走一边通过气味和声音构建世界。如果闻到气味又听到超声波的声音，则意味着有饵食存在，刺猬就会马上跑过去。

但是，刺猬虽然没有感知到气味，却感知到有犹如地面震颤一样的、沉闷的声音时，则意味着自己的敌人，即大型动物要靠近了。它会瞬间蜷缩身体来保护自己。只有狼等大型动物存在的时候，刺猬这样做没有问题，它可以完好地生存下来。但是，现在汽车这样的交通工具随处奔跑，事情就变得非常糟糕了。靠着气味和微弱声音横穿马路的刺猬，脚下感知到很沉闷的声音时，会当场蜷缩一团。可是不一会儿，汽车奔驰过来，要么碾压了它，要么把它撞飞。它们的环境界曾经非常安全，现在却变得非常危险了。

动物的环境界

正如前面所述的小鸟的例子，对于食物是活物的动物来说，其环境界中尤其重要的是活物的活动。何物在活动并不重要，其活动本身才重要。不会动的东西没有价值，有价值的是它的活动。像黄鼠狼那种靠吃小动物生存的动物也是如此。

把小老鼠作为饵食投给笼子中饲养的黄鼠狼。也许是气味的关系吧，老鼠敏捷地奔跑着，感知到黄鼠狼的存在。对于这样的小动物来说，最重要的是气味。我们认为它们是通过气味来构建危险或不危险的环境界。小老鼠感知到危险试图逃跑。黄鼠狼极其敏锐地捕捉到老鼠的动向，立即向老鼠所在的位置跑去。当黄鼠狼跑过来时，不知道老鼠是否真的看到了它，反正突然间在那里定住，就像冻住一般一动不动了。

此时，非常有趣的事情发生了。黄鼠狼好像看不到这只老鼠了，似乎一下子不知道老鼠的存在了。老鼠就蜷缩在黄鼠狼的跟前，它却在那里徘徊。对于黄鼠狼来说，不活动的东西就是不存在的东西。老鼠一直在那里一动不动，观察着黄鼠狼的动向。黄鼠狼准备放弃打算走开的时候，老鼠瞅准这个机会试图赶紧跑掉。但遗憾的是，这个动作被黄鼠狼注意到了。突然间这个老鼠对于黄鼠狼来说变得有意义了，黄鼠狼立即跑近，一会儿工夫就将这只老鼠咬死吃了。小鸟也是一样的，不活动的东西对它们来说没有意义，只有活动的东西才有意义。

这件事对于具有保护色的昆虫来说是有意义的。具有保护色的虫子，比如毛虫或者小的昆虫，动作非常迟钝。突然有所动作的情况极少。那些昆虫如果一动不动的话，鸟根本注意不到它们。说注意不到也许不准确。不是注意不到，而是在鸟的世界里不存在不动的东西。具有保护色的昆虫一动不动，对于鸟来说就等同于不存在的事物，鸟会从它的身旁毫无察觉地飞过。具有保护色的虫子通过这个方法来避开敌人。

比如，尺蠖与枯树枝极其相像。它停留在粗的枯树枝上，以一种伸长着的姿势完全定住不动，的确就像枯树枝一样。那时，尺蠖就彻底脱离了鸟的世界。对于鸟来说，它们是不存在的东西。于是，尺蠖得以生存。假如尺蠖在鸟就在自己身边的时候急于逃跑而开始活动的话，也许就立即会在鸟的环境界中变得具有意义。

同样，还有具有保护色的变色龙。变色龙走动时实在是很缓慢，让人看着都有些焦急，一步一步地蹒跚步行，慢腾腾地走着。可是，变色龙本身却给活动的东西赋予了意义。尽管它慢腾腾地走，却同时在寻找眼前快速活动的东西。对于空腹的变色龙来说，活动的东西就是猎物，具有重大意义。变色龙会向活动的猎物突然伸出它长长的舌头，将其捕获。

不管怎么说，在以动物为主体的环境界构筑的过程中，重要的是动作与声音这些很细碎的事情。这些其实是构筑环境界的基础。除此以外我们认为是客观的各种事物，对于这些动物来说等于不存在。我们所看到的环境世界，在动物各自看来，完全是不同的世界。所以，它们的环境界并非客观的事物。它仅对主体动物来说存在，是由主体动物构建的极其主观的事物。即使是在完全相同的森林中，不同动物的环境界也会有所不同。也许我们可以称之为动物们各自创建的某种错觉的世界吧。

类似这种环境界的例子，如果按动物种类来列举的话则无穷无尽。植物不具有神经系统，所以我们不知道植物构建了怎样的世界。但是动物的话，至少我们可以通过观察它们的行为，想象出该动物构建了怎样的环境界。其环境界仅仅由对于这种动物主体来说具有意义的事物构成，是从所谓的客观环境中被提取出来的。与我们看到的，认为的客观环境，是完全不同的世界。

母鸡和鸡雏的关系

假设有母鸡和它们的鸡雏。母鸡在自己孩子陷入某种危险状态时，会立即飞过去试图帮助它们。可是，正如乌克斯库尔书中所画的图那样，也会发生不

对母鸡来说，鸡雏挣扎的样子没有意义，作为鸡雏具有意义的仅是它的叫声

可思议的事情。

在鸡雏的腿上绑上线绳，再将鸡雏系到小桩子上。鸡雏想动也动不了，就在那里鸣叫。于是，母鸡飞跑过去，并想设法解开线绳。如果顺利的话母鸡就会解开线绳带着鸡雏逃到更安全的地方。

在乌克斯库尔另一幅画中，绑着线绳的鸡雏上方罩着一个密实的大玻璃钵盂。与罩着显微镜等防止灰尘浸入的钟型玻璃钟一样严严实实的，里边的气味和声音都传不到外面去。因此，尽管鸡雏拼命地叫唤，但由于在玻璃钵盂里边，虽然能看到鸡雏的身姿，在外边却听不到声音。母鸡摆着一副什么也不知道的表情。母鸡应该能看到自己孩子在拼命地叫唤的身影。可是，在母鸡的环境界中，叫唤着的鸡雏的姿态是没有意义的。有意义的是鸡雏的叫声。因此鸡雏的母亲若无其事地快速离开了。

也有如下的例子（康拉德•洛伦兹《攻击》日高敏隆、久保和彦译，164页-167页，Misuzu书店，1985年）。有一只火鸡，基于某种研究目的，某位研究人员给这只火鸡的耳朵做了手术，使它听不见声音。虽然火鸡听不到声音，但对繁殖没有影响。做了耳朵的手术后，研究人员将雄火鸡带到这只雌火鸡面前。两只火鸡完成了求爱行为并进行了交配，雌火鸡产下了蛋并进行了完美的孵化。雌火鸡虽然耳朵听不到，但在这种情况下也可以繁殖。

可是，孵化出雏鸡后，雌火鸡将孵化出的雏鸡一个一个地啄死了。究竟发生了什么情况？研究人员进行了各种调查。问题与刚才讲述的一样，在于它听不到雏鸡的声音。

母火鸡由于做了耳朵的手术而听不到雏鸡的叫声。但雏鸡却为了索要饵食鸣叫着。对母火鸡来说，由于听不到声音，发不出索要饵食声音的雏鸡就等于是侵入自己巢穴的敌人。

在母火鸡的环境界中，不出声音走动的雏鸡不具有自己孩子的意义，而是某个可疑的入侵者。于是，母火鸡将雏鸡一个个啄死了。

在此，研究人员又用耳朵能听到声音的母火鸡做了实验。母火鸡产蛋孵化，由于能听到声音，可以很好地养育雏鸡。这时，黄鼠狼屡次想来袭击雏鸡。母火鸡总是能马上发现黄鼠狼，并鼓起勇气驱逐黄鼠狼。后来研究人员在黄鼠狼的肚子上装了一个小的扬声器。扬声器发出事先录有雏鸡叫唤的声音。黄鼠狼一边发着雏鸡的叫声，一边进入母火鸡的窝里。

于是，母火鸡将最可怕的敌人黄鼠狼邀请到窝中，想要给它温暖似的张开翅膀将它放在自己的羽毛下面。通过雏鸡的叫声，这个黄鼠狼在这个母火鸡的环境界中，不是可怕的黄鼠狼，而变成了可爱的应该受到保护的雏鸡了。

错觉创造了动物的环境界

根据这些情况来看，某动物主体构建的环境界，与“实际存在”的现实有很大的差异。我们试图尽可能客观地看世界，所以总是会追问看到的事物是否真实。但是动物不管这些。什么信号具有什么意义由遗传决定，动物据此构建自己的环境界，并与现实的事物完全不同。

而动物在这样的环境界中生活，在现实中也很顺利，获得饵食养育孩子然后留下后代。它们在这几十万年的时间里一直这样生存下来。

仔细调查各种动物的环境界，的确就会明白上述的情况。那么，现实这个东西到底是什么呢？

对于某种动物来说，那个动物构建的环境界应该就是现实世界。但是，对于其他动物特别是在我们人类看来，这个环境界显然与现实不同。从某种意义上来说，只能说是错觉。也就是说，它们不是通过现实，而是通过错觉构建了世界。这样一来，在我们看来分明存在着的事物就变得不存在了，我们无法捕捉的那些事物却具有极其重要的意义。

比如，许多昆虫能看到人类看不到的紫外线。雄菜粉蝶在寻找雌蝶时，将雌蝶翅膀内侧反射的紫外线和黄色混合的颜色作为有重要意义的事物进行认知，认为具有那样颜色的事物就是雌蝶，并据此构建环境界。于是，我们将反射紫外线的物质和黄色颜料混合起来涂在纸片上，并放到卷心菜田里，就可以发现不断有雄蝶飞过来（下页照片）。

我们只能认为雄蝶真的把这个纸片认知为雌蝶

寻找雌性的雄菜粉蝶，将反射紫外线和黄色的纸片认知为雌菜粉蝶，于是飞到纸片模型上并试图与其交配

长着黑黄花纹翅膀的雄燕尾蝶，也同样被模型吸引，但此时对它来说有意义的好像是黑黄色的花纹

了。雄蝶飞到纸片上，宛如对待真雌蝶一样，试图进行交配。当然，由于只是纸片所以无法交配。在经过一段努力后，雄蝶灰心地离去。但是，如果旁边还有同样的纸片，它们还会飞过去。

人类的眼睛看不到紫外线，所以那张纸看上去就是一张简单的淡黄色纸张。同样涂着淡黄色，但没有同时涂抹反射紫外线物质的纸片，在我们人类看来也是一样的淡黄色纸片。但是，这种纸片，雄菜粉蝶是绝对不会飞过来的。对于雄菜粉蝶来说，不反射紫外线、仅仅是淡黄色的纸片，尽管存在于那里，也等于不存在。

对我们来说，即使有反射紫外线，我们也无法看到，至少在视觉这个层面上不存在紫外线。但是对我们来说不存在的紫外线，对菜粉蝶来说就是非常重要的环境界构成物。对于刚才提到的母鸡，发出声音叫唤的雏鸡是环境界的一个重要组成部分，但听不到声音只能看到身姿的雏鸡，对母鸡来说并不存在。如此一来，什么是现实，什么是非现实我们就不得而知了。

本来存在的事物变得不存在，对我们来说不存在的东西变得存在，无论怎么想，这与其说是现实的问题，不如说是错觉的问题。

也就是说，动物的环境界，与其说是现实的客观性的事物，倒不如说是由错觉构成的世界。而动物们几乎都是在这个错觉的世界中生存，不仅如此，动物们还历经几十万年不断地繁衍后代。

第5章　人类古籍中的错觉

如何读古籍？

人类留下了数不胜数的大量古籍。人们常常讨论这些古籍记录的“事实”到底有多少？根据以埃及和希腊为主的大量考古调查，我们得知以前被认为是虚构的故事，其实描写的是现实生活。为了寻找《圣经》中诺亚洪水的证据，对《圣经》的考古学研究在一个时期内非常活跃。我记得也有过一段时期，证明古书中所叙述的事情是“事实”被认为是读古籍的正确方法。

但是，确实如此吗？古籍是记述事实的吗？假如不是，那么古籍就没有价值了吗？

在我担任所长的综合地球环境学研究所，有各种研究项目，其中有几个涉及历史问题，所以古籍的研究者也参与其中。因此得以加入由文部科学省（教育部）科学研究经费主导的“古典学再建”这一研究团队。托这个项目的福，我才有机会读了几本古典书。比如非常著名的《万叶集》。

据说是在八世纪中叶完成的《万叶集》，收录了大约4500首诗。其中列举了大量动物和植物的名字。仅是用语言可以区分的动物名字就出现了近100个。哺乳类动物以Isana（鲸鱼）、狗、兔、牛、马、狐狸、猴子、鹿、猪（鹿和野猪的通称）、虎、鼯鼠。鸟类以黄莺、海鸥、乌鸦、大雁等为主，而且其中竟有多达51种鸟出现在586首诗歌中。此外，还出现了少量爬行类动物、两栖类动物、鱼类、昆虫类、贝类，甚至蜘蛛也出现了。

通过这些有众多动物的诗歌，难道不可以了解万叶时代的动物吗？

《万叶集》中还有很多植物的诗歌，我觉得如果将动物和植物的诗歌合起来考察的话，也许可以了解当时的自然环境和生态系统。

可是，实际上读了这些诗歌就会知道，完全不是这么回事。

比如，作为哺乳类动物的一种，出现了Isana，即鲸鱼。但是按鲸鱼出现在诗歌中的顺序看下去，不难发现，表现鲸鱼现实姿态内容的诗歌一首也没有。描写其捕猎情形的诗歌也没有。鲸鱼这个词出现过12次，全部是作为“Isanatori（捕鲸）”这个词出现的。通过对《万叶集》详细的研究，正如我们所了解的那样，“Isanatori（捕鲸）”一词，是“海”的冠词，“Isana（鲸鱼）”这个词没有单独出现过一次。

结果，《万叶集》中的鲸鱼，不是指活生生现实中的鲸鱼，而是表达当时人们作为某个知识听到过的，类似鲸鱼这种巨大生物存在的、广阔而可怕的大海，并由此构建的世界。这是某种错觉。对其他动物的描写也是同样的情况。

鸟类中出现最多的是布谷鸟，第二位是黄莺。顺便说一下，51首诗歌中出现了黄莺，但是竟然有155首诗歌出现了布谷鸟。黄莺和布谷鸟哪个离我们生活更近呢？一般会认为村落里的黄莺大概更接近人类吧。看到布谷鸟很难，而黄莺却常常被人们看到。但被写进诗歌的布谷鸟却格外多。那么，当时的人们与现今不同，非常熟悉布谷鸟吗？

仔细研究各首诗歌，发现通过这些诗歌并不能确定他们是否真正了解布谷鸟。

比如，第112首诗歌，“恋旧之鸟布谷鸟，如我所思在鸣叫”。

（据说布谷鸟是怀旧的鸟，正如我所想，它是在为怀旧而鸣叫）

对于那个时代的人们来说，布谷鸟是因怀旧而鸣叫的鸟。由于大家共有这样的错觉，所以怀旧的时候就用布谷鸟来表达，这样大家对其感情就会产生共鸣。所以，这首诗歌中才出现了布谷鸟，至于听没听到现实中的布谷鸟叫声则没人知道。如此毋宁说，布谷鸟仅存在于错觉中。

《万叶集》和《圣经》中都没有蝴蝶

出现在《万叶集》中的动物并非当时自然界中大量存在的、人们容易看到的动物。比如，《万叶集》的诗歌中完全没有出现过蝴蝶。仅仅在诗歌说明中有两处出现过蝴蝶。而诗歌的说明文章，则是对中国古典的引用。那么，日本在万叶时代没有蝴蝶吗？这种情况是无法想象的。万叶时代，肯定有各种各样的蝴蝶翩翩起舞。但是，蝴蝶却没有出现在诗歌中。这会不会是因为万叶时代人们的世界中不存在蝴蝶呢？

西方的《圣经》也不例外。我不知道《圣经》出现于何时，但无论是《圣经·新约》还是《圣经·旧约》，都没有出现过蝴蝶。那个时代不可能没有蝴蝶，但是《圣经》中却没有出现过蝴蝶。

日本的《万叶集》里也没有出现蝴蝶。这是为什么呢？只能认为，创作《万叶集》或《圣经》的相关人员，他们的世界中没有蝴蝶。明明现实中存在着蝴蝶，却因为某种理由或理论，人们没有赋予其意义，所以蝴蝶本身就变得不存在了。这明显就是错觉。

比《万叶集》更早时代的《古事记》中也没有发现有蝴蝶的记述。但是《古事记》中出现了很多蜻蜓，叫作“Akidu”。《古事记》中详细记述了如下的故事，一只牛虻叮在雄略天皇的手臂上想要吸血，这时蜻蜓飞来将牛虻吃掉了。天皇赞扬了蜻蜓，并把日本命名为蜻蜓岛（Akidushima）。

但是，《万叶集》里蜻蜓却完全没有出现。意思是蜻蜓的“Akidu”这个词也只出现了两次，并且仅是作为“Akidu岛”、“Akidu野”这种地名出现，作为活生生的捕捉牛虻吃的蜻蜓却没有出现，但在万叶时代肯定有蜻蜓存在。

因为之前提到蝴蝶，这里顺便说一下，研究《圣经·旧约》的池田裕说过《圣经·旧约》里也没有出现蜻蜓。本来蜻蜓作为希伯来语的名字产生是在希伯来语作为现代语言恢复使用以后的事情，至今尚且不到一个世纪。给蜻蜓命名的是希伯来语学者们，据说那时他们第一次目不转睛地认真观察了蜻蜓这一昆虫。由于蜻蜓的身姿美丽而可爱，所以命名委员们用希伯来语将蜻蜓称为“美丽的少女”。以上被池田裕记载在杂志《图书》（岩波书店，2001年10月号）中。如果是这样的话，那么以前希伯来语世界中就不存在蜻蜓。当然，那时的现实中应该有很多蜻蜓。

《古今集》《新古今集》中开始出现蝴蝶和蛾子。而《万叶集》中没有出现，是因为该书不是歌颂当时的自然环境，而是歌颂万叶时代人们根据错觉构建的世界（日高敏隆、森治子《万叶时代的人与动物》、中西进编《万叶古代学》，大和书房，2003年）。而且，该观点不仅适用于《万叶集》《古事记》《古今集》《新古今集》，也适用于所有的古典书籍。

想象中的动物

英国有一本古籍是使用古代英语写的《贝奥武夫》（*Beowulf*），虽然与《万叶集》相比，历史没有那么久远。该书讲述一位叫做Beowulf（我是狼）的勇士，除掉了叫格伦德尔（*Grende*）的怪物的故事。格伦德尔住在英国的寒冷沼泽地里。它屡次从沼泽出来侵袭人类，于是贝奥武夫将它除掉了。格伦德尔这个怪物是怎样的动物呢？从文章来看像是鳄鱼一类的动物。但是英国没有鳄鱼，人们应该不知道鳄鱼。一定是埃及一带的故事传到那里，再加以想象，从而产生了作为错觉的怪物形象。如果有人将格伦德尔的样子画成画，也许其他的人会说“不对，格伦德尔不是这个样子”，然后讲出理由，把画给修改了。因为错觉无疑也有其根据和理论依据。

就这样，怪物格伦德尔扎根于古书《贝奥武夫》时代的英国。

对现实中的动物，通过改变其样子、形状而持续传承下去的例子有很多。俄罗斯传说中的火鸟原来大概是孔雀，但被改变了样子，连形状、颜色也都改变了。同样的情况在日本要数河童最有名。

河童，据说本来是猴子。其由来并不是太清楚。柳田国男做了各种调查，也没有结论。这说明，即使实际上不存在的东西，也会存在于人们的环境界中。

古籍中的动物即使是“架空的”，也可以展示那个时代人们的世界是怎样的形态，并不是荒诞无稽的事物。既使是错觉也具有完整的理论依据。希腊的古籍中也有很多这样的动物，时代更早一些的埃及也有各种“想象出来的”动物。像斯芬克斯（狮身人面像）那样，人与动物组合在一起的生物也有不少。这些生物虽然都不实际存在，但它们的形象有着某种形式的逻辑根据。虽说被改变的动物的形象源自不同时代人们的想象力，但也不能简单地归结为想象力。

比如，飞马这种动物，是马长了翅膀。其背后的逻辑就是奔跑时用腿，飞翔时用翅膀。于是才借助了现实中的马腿和天鹅的翅膀吧。

从航空力学的角度来看，飞马实际上不能在天空中飞翔。但是在那个时代人们的世界中，飞马大概就是在天空中飞翔的动物。这种想法我们也能够理解，一直到不久前，法国航空的象征物还是飞马。

支撑错觉的逻辑

无论怎么说，古籍中记述的事物和过去想象出来的动植物以及人类等，都是在错觉的基础上构建的事物。也许有一部分可以用现实证明其存在，但基本上都源于错觉。

虽然人们应该不断地尝试在古籍以及古代事物中求证事实，但即使那不是事实，或者是反事实，也丝毫不会因此而降低古籍的价值。

那是因为古籍以及过去想象出来的产物，并非仅仅通过想象力产生，而是以一定逻辑作为根据的错觉构建的。

《万叶集》中出现的布谷鸟，写那首诗歌的人是真的看到现实的布谷鸟还是听到它的声音，这实在令人怀疑。但是，在那个人的知识逻辑中，布谷鸟被明确地定位为怀旧的鸟，在此基础上展开的逻辑中，布谷鸟作为极具现实意义的事物而存在。

从这个意义上说，希腊神话中的勒达与天鹅姿态的宙斯也许真的发生了肉体关系。现在还仍然制作着象征这个故事的画和画像，人们也仍然会购买这些画和画像，这说明这个错觉也为现代的人们所共有。

但是几千年前的古人就已经有这个错觉了。我认为古籍的价值也在这里。

岸田秀的“唯幻论”说人类可以拥有任何幻想。不仅是单纯地拥有，而且也将其作为现实存于心中。

古代人的错觉

如此想来，至今为止人类到底展现了多少形式各样的错觉呢？而且，在未来又将会逻辑性地创造出多少错觉呢？

我们从古籍中可以了解到各种各样的例子。很遗憾我对古籍了解得不太详细，但是，仅仅是听别人说的或偶尔浏览到的例子，就已经让我惊讶于它的多彩多样。

就像第10章所述的轮回错觉那样，不仅有从很久以前延续至今的错觉，而且以理查德•道金斯[1]的迷因理论中提到的那种形式而存在的错觉也有不少。

古籍中看似异样的错觉，也许某一天会成为主流的错觉。

假设想象是非逻辑性的话（W.Van der Kloot“生理学中的逻辑手段”，日高敏隆译，《科学》第37卷1号35页~39页，岩波书店，1967年），那么错觉就是逻辑性的事物。

不管其逻辑是如何奇妙，错觉总是以某种形式的逻辑得以证明。某些情况下，甚至其逻辑很科学。因此，极具科学性的错觉也并不少见。

因而要摧毁错觉并不容易。从现在的国际关系

1　理查德•道金斯（Richard Dawkins，1941—），英国著名演化生物学家、动物行为学家和科普作家。

中，不同国家之间的错觉分歧不是简单就可以消除的状况来看，就很容易理解这一点了。

今后，人类仍将持续这种状况。我们也不清楚今后还会产生出怎样的错觉。

但是，届时研究古籍也许会有很大的帮助。古籍中其实记述着各种各样的错觉。其中，也许有一些错觉与未来人类的错觉在本质上并无不同。如果是这样的话，研究古籍也许不是了解过去人们的错觉，而是事先获取未来人类错觉本质的方式。

总而言之，古籍表示的是那个时代人们由当时的错觉所构建的环境界。

它不是对现实的“客观性”描写，而是产生于从中以某种形式被提取出来的东西。如果我们观察长达五千年的埃及历史中留下的遗物和建筑物的变化就会发现，同样的埃及，虽然从地质学上看只能说是一瞬间，但错觉却是以各种各样的形式在变化。它虽然不是古籍的文字所示的内容，但是它展现了当时的人们拥有怎样的错觉，并据此构建了怎样的世界。

人类以外的动物所创建的环境界，是以遗传性知觉机制为基础形成的世界。这也是非现实的错觉，它是由动物从现实事物中提取的事物组合而成，并被赋予了意义。动物“相信”这个世界就是现实，并在其中很好地生存，繁衍后代。

在这个意义上说，人类也没有本质性的不同。

人与其他动物不同的是其错觉能够通过逻辑发展产生变化。那么，对于人类以外的动物，这种错觉的转变是否也有可能呢？

第6章
不同状况下的错觉差异

源于性动机的蝴蝶行为

动物通过各自知觉范围内的错觉来构建世界。它们的世界虽然极其有限，但并非总是千篇一律。因为伴随着动物不同的状况，错觉也会随之改变。

比如，7月初夏天的早晨，9点～10点左右，太阳还没有从正头顶照射的时候，雄菜粉蝶翩翩起舞。这些雄蝶在寻找雌蝶。这种状况叫做“性动机”，带着性动机的雄蝶希望发现雌蝶并进行交配，繁衍后代。

蝴蝶中，有的品种会等候在雌蝶经常路过的地方捕捉飞过来的雌蝶，但最多的情况是雄蝶到处飞来飞去地寻找雌蝶。菜粉蝶就属于这种情况。

雄蝶虽说是到处乱飞，但也并非什么地方都

去。如前面所述（参照第3章、第4章），它们会选择可能有雌蝶出现的地方飞。尤其会选择由蛹羽化刚长出翅膀的新雌蝶存在的地方。菜粉蝶的幼虫生长在有十字花科植物的地方。吃着十字花科植物叶子成长的幼虫会在附近变成蛹，所以在十字花科植物附近发现新雌蝶的可能性最大。特别是卷心菜田有很多的菜粉蝶，所以带有性动机的雄菜粉蝶会集中到卷心菜田。

一般来说，蝴蝶通过翅膀的颜色识别对方的存在。雄蝶具有对特定颜色敏感反应的特性。这不是通过学习获得的，而是与生俱来的，带有遗传的性质。也有的蝶类不区分雌雄，只要认为是与自己同种类的蝴蝶就先靠近，然后用触角或四肢嗅气味，确认为雌蝶后就开始交配行为。但菜粉蝶一开始会将特定颜色作为雌蝶的信号加以识别，然后再飞过去。因此，即使同样是菜粉蝶，雄蝶几乎都会被忽视。

为寻找雌蝶到处飞的雄菜粉蝶，寻找着带有那种特定颜色的东西。正如前面所述，这种颜色是混杂黄色和紫外线反射的颜色。

这种颜色是合上翅膀、停留在卷心菜叶子上的雌蝶翅膀背面的颜色。雄蝶以这个颜色为目标，寻找由卷心菜叶子背面的蛹变化而来的新雌蝶。这种雌蝶由于还没有与任何雄蝶交配过，所以与之交配的话，雄蝶就可以确信留下具有自己基因的后代了。

包括蝴蝶在内的许多雌性动物，为了确保受精，也为了尽可能多地获取用作营养的精液，会与多个雄性交配。这是所谓的多次交配。因此，雄蝶可能找到已经变成蝴蝶数日并飞来飞去的雌蝶，但由于该雌蝶已经接受了其他雄蝶的精子，所以即使与该雌蝶进行交配，产下的也不一定就是自己的后代。所以说，雄蝶要寻找刚刚变成蝴蝶的新雌蝶。

存在意义的变化

带有性动机的雄蝶因为要寻找雌蝶，所以不会去吸食花蜜。实际上，这个时期的卷心菜田，长着各种草、开着各种花。可是，雄蝶对于花草置若罔

菜粉蝶。左为雌蝶，右为雄蝶。各幅照片的上面为翅膀表面、下面为翅膀背面。如果在阳光下，在人看来雌、雄没有太大区别（上幅照片）。翅膀的背面尤其相似。但是，如果将紫外线反射拍成照片时，则雄蝶的翅膀表面几乎为黑色（下幅照片）。这是因为没有反射紫外线。雄蝶、雌蝶的翅膀背面都是黄色的，但对紫外线反射有很大的不同。对于可以看到紫外线的菜粉蝶来说，这就是决定性的色调不同，雄蝶据此来判断雌菜粉蝶闻，只一心一意地寻找可能是雌蝶颜色的东西。对这些雄蝶来说，卷心菜田里除了雌性菜粉蝶以外其他东西都不存在，雄蝶只是一门心思地想立即与雌蝶交配。交配时间段结束后，一般情况下雄蝶和雌蝶结束了交配，已经留下了自己的后代。

这时雄蝶开始发觉自己肚子饿了，才开始找花蜜。于是，雄蝶在有花的一带飞来飞去，并停下吸花蜜。我们看来，花之前就一直开在那里。但是，雄蝶在寻找雌蝶期间，似乎没有注意到花的存在。在带有性动机的雄蝶世界里，花并不存在。交配时间段结束后，雄蝶就会自然恢复到以觅食为动机的状态。

对于带有觅食动机的雄蝶来说，这次构建它们世界的重要因素是花。花并非紫外线和黄色混杂的颜色，而是呈现蓝色、紫色、黄色等各种颜色。这些颜色和形状变成了重要的事物并构建环境界（如前页图）。

花自早晨就存在于那里，并在那里开放，但在带有性动机的雄蝶的世界里花并不存在。而到了下午，

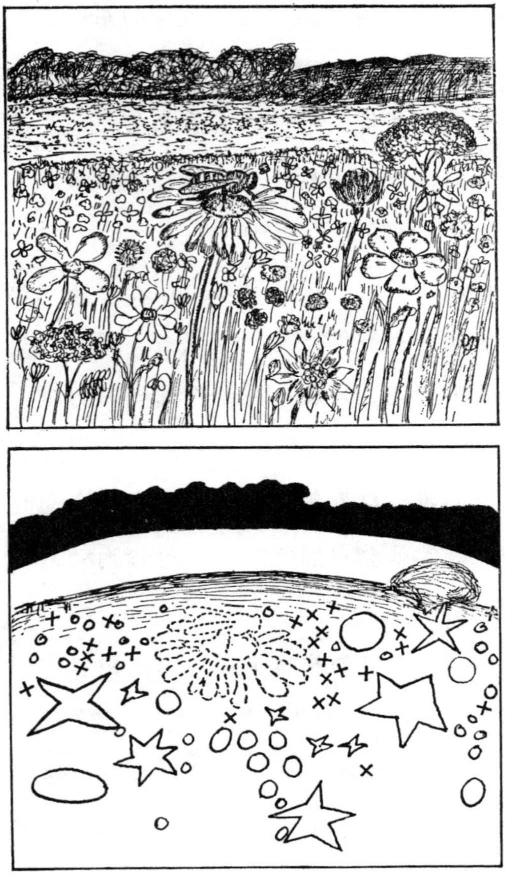

在盛开着大小不一各种花朵的草原上有蜜蜂。蜜蜂不可能注意到这些花的细节。乌克斯库尔认为对于蜜蜂来说具有意义的环境界就如下图一样。盛开着的可以吸到蜜的花为圆形或星形，还是花蕾状态的花可用 × 标示（乌克斯库尔）

则忽然出现在了它们的世界里。此时雌蝶的存在反而不具有意义了。

雌性菜粉蝶在交配的时间段里，靠近自己的雄蝶也是它们世界的重要因素。此时雌蝶也不摄取食物。因此，在这个时间段里雌蝶的世界里也没有花的存在。但是到了下午，雌蝶也开始为寻找花朵而飞来飞去，于是它的世界里突然出现了花朵。实际上花朵原本就存在于那里。

同样，卷心菜田与其周围的世界完全改变了。这种情形可明显见于许多昆虫的身上。

雄性甲虫与雌性甲虫

甲虫无论雌雄，都会来到柞树等会渗出树液的地方。因为这种树液是它们的食物。空腹的甲虫，无论雌雄都会在树木比较高的地方飞来飞去寻找发酵的树液气味。发酵的树液，带有甜酸的混有酒精成分的气味。在树林中飞来飞去寻找食物的甲虫的世界里，这个气味极其重要。甲虫会停留在带有这个气味的树干上。但并不是任何树干都可以，而是带有树液气味的枹栎、柞树的树枝或树干。飞到树干上的甲虫，往上爬着寻找气味的源泉，发现树液润湿的地方就开始舔舐。

但是，对它们来说最重要的并非枹栎、柞树的树干本身，只因为那些树可能产生树液，枹栎和柞树的树干本身并不具有重要意义。不会产生树液的树干没有任何意义。重要的是树液的气味。将非常类似树液气味的液体涂到棍子上，甲虫就会飞来这里并开始舔舐。

无论是对于动物来说还是对于人类来说，世界都是具有意义的世界。舔舐树液的雄性甲虫，嗅到附近有雌性甲虫的气味时，就会立即靠近试图交配。树液的气味是食物的信号，而雌性的气味是性行为的信号。此时，当有其他雄性甲虫存在时，该雄性甲虫将会通过黑色和气味来加以识别，并通过搏斗赶走对手，试图独占雌性甲虫。

与几只雄甲虫结束交配后的雌甲虫，过一个星期后会处于带有产卵动机的状态。此时的雌甲虫，会停止舔舐树液，它们会在树林中低飞，寻找产卵的地方。甲虫会在落叶堆积的洼地，有半腐叶土之类的地方产卵。这是因为甲虫的幼虫要靠吃半腐叶土来生长。雌甲虫飞来飞去寻找符合产卵条件的地方。

对于此时的雌甲虫来说，存在的已经不是树液，而是腐叶土。雌甲虫靠气味寻找这种腐叶土。这时发酵的落叶气味才具有意义。这个气味与树液的气味完全不同。临近产卵状态的雌甲虫将与寻找食物时完全不同的气味作为它们世界的重要因素进行认知。

对于不产卵的雄甲虫来说，腐叶土等于完全不存在。自己是幼虫的时候，腐叶土作为自己的食物，具有极其重要的意义。那个时候，腐叶土以外具有意义的东西，在它们的世界中不存在。但是，当雄甲虫成长为成虫后，腐叶土就没有任何意义了。甲虫与菜粉蝶不同，不需要寻找从腐叶土中的蛹刚刚变成的雌甲虫，雄甲虫只要在有树液的地方等待雌甲虫就可以了。

也就是说，都是甲虫，因为雌雄时期不同，也会在完全不同的错觉中生存。对雄甲虫有意义的是作为食物的树液和繁衍后代所需的雌甲虫的气味和身影，而对雌甲虫有意义的是作为食物的树液和产卵所需的腐叶土气味。即使是同一种动物，由于雄雌不同，当时的状况不同，它们的世界也会有所不同。

即使是人类也同样如此。简单地说，雄性与雌性，也就是说男性与女性，其世界也非常不同。而且年龄不同也会不同，状态不同也会不同。

比如，女性在怀孕的时候总会留意到孕妇，所以可能认为孕妇比实际的人数要多。当生下孩子后又总是会留意到抱着同样大小孩子的妇女。当孩子长大一些后，则会马上看到带着更大些孩子的人。同样的情况也会发生在她丈夫身上。这是主体对什么感兴趣的问题。在这个方面，人类与其他动物没有什么区别。

此类事情被各个动物各自遗传性地程序化了，多数情况下已经被决定了。问题是人类在碰到遗传性程序的具体问题时，会超越知觉的限制展开逻辑思维，依此不断地创造出错觉，随着时代或文化的不同，错觉也可以改变（日高敏隆著《程序的老龄化》，讲谈社，1997年）。

第7章
被科学证明的错觉

法布尔的发现

一般认为错觉是没有科学根据的事物。科学探究真理，而错觉只是单纯的想象。可是，如前所述，错觉必定有错觉的理论依据。科学也是由具有理论根据的内容所构建的。其结果是科学造就了错觉。

在此我想讲述一个关于昆虫性信息素的例子。

100年前，亨利·法布尔[1]发现，雌昆虫能够发出某种气味来吸引远处的雄昆虫，并在《昆虫记》中对此做了记述。

某一天，法布尔来到距家几公里的冯杜山，在那里抓到了属于天蚕蛾的一种大孔雀蛾，是雌性蛾子。

1　让-亨利·卡西米尔·法布尔（Jean-Henri Casimir Fabre，1823—1915），法国著名昆虫学家、文学家。

他把它带回家，并将它放进金属网的笼子里。第二天早晨，他发现在放着笼子的实验室中，有好几只雄性蛾子。

这种蛾只有数公里外的冯杜山才有。在附近的平地上他一次也没有见过这种蛾。因此，法布尔不得不认为，是这只雌蛾将雄蛾从很远的山里吸引了过来。

于是，法布尔将这只雌蛾从笼子中取出，装入到一个大的玻璃钟罩中。如果盖严实的话，里面的气味不会飘到外面。但因是无色透明的玻璃，所以从玻璃钟罩外面可以看到雌蛾。

第二天早晨，法布尔发现不是在放了玻璃钟罩的房间，而是昨天放置了装有雌蛾笼子的房间，聚集了很多的雄蛾。雄蛾都围绕在曾经装有雌蛾的笼子周围。

因为这件事情，法布尔想：这个雌蛾一定是发出了什么气味，那种气味吸引了雄蛾。

这个故事，引起了喜爱昆虫的人们的很大兴趣。雌蛾散发的神秘气味，吸引了远处的雄蛾。这难道不是很有趣的事吗！许多类似的事例都成为了人们热议的话题。

昆虫性信息素的研究

此后经过相当一段时间，人们开始试图研究这种气味。第二次世界大战中，通过性荷尔蒙研究获得诺贝尔化学奖的德国有机化学家阿道夫·布特南特[2]等，试图从雌蚕蛾中提取这种物质，在南欧和日本收集了大量蚕蛹。最终提取的微量物质，被认为是将雄蛾从远处吸引过来的物质。

该物质仅用10的负14次方克(0.00000000000001 g!)就可让雄蚕蛾产生兴奋，将它涂在玻璃棒的上端让蛾子嗅，雄蛾就会振动翅膀。

布特南特等认为这是迄今为止人类知道的生物生理活性物质中最强有力的物质。被认为极其微量就会有效果的维生素和荷尔蒙都无法跟它相比。布特南特自信满满地说，如果将这个物质的结构进行合成，并制作出陷阱的话，就可以不使用不加区分将昆虫统统杀死的农药，而可以将特定的雄性害虫聚集过来，然

2　阿道夫·弗雷德里希·约翰·布特南特（Adolf Frederich Johann Butenandt，1903—1995），德国化学家，研究荷尔蒙的学者，1939 年获诺贝尔化学奖。

后杀死。

受该研究的激发，研究这种性引诱物质在全世界盛行。这种在昆虫体内生成、体外释放，作用于同种其他个体的物质，仿照荷尔蒙（Horumone），被称作信息素（Pheromone）。信息素，特别是性信息素的提取、结构合成，在许多国家广泛地开展，由此弄清楚了许多害虫的性信息素。昆虫性信息素的研究成了当时的明星项目，学会上听众众多，人满为患，很多相关论文被发表在科学杂志上。

这种神奇的信息素原来是比较简单的物质。其碳原子为10～20的简单碳氢化合物，分子形式也极其简单。其原因也很快被推断出来，碳原子数如果过多，则分子变重，就不能漂流到远处。如果过轻，则四处分散，失去吸引雄昆虫的效果。如果分子构造太复杂，则体内生成变得困难等等，人们很快认可了这些理由。

为了了解这种物质到底有多厉害，研究人员做了各种实验，将物质合成后制作了陷阱，并给雄昆虫做上记号，设置各种距离释放它们。

其结果非常惊人。在几公里，甚至几十公里远的地方放飞的雄昆虫，都会飞到信息素的发源地。当初法布尔研究时，雄昆虫就是从几公里外的山上飞来的，所以这种情况也是理所当然。

在那么远的地方，信息素分子在空气中到底会存在多少呢？根据各种计算，推测出1毫升空气中有一个分子。我们人类鼻子的嗅觉细胞，据说一个细胞里如果没有达到几百个分子的气味物质的话，就无法感知。如果是昆虫的嗅觉细胞，一个分子就能感知到吗？

为了做进一步的确认，研究人员又做了实验。这个实验非常困难。因为做不到仅给昆虫一个分子量的信息素物质。于是科学家们竞相开动脑筋，最终制成浓度极其稀少的信息素溶液，让其蒸发，并对昆虫的感觉细胞反应进行了观察，对此进行了非常复杂的计算。其结论是昆虫触觉上的感觉细胞对一个分子的信息素物质会有反应。实验的方法和计算的根据，都让科学家们信服。

由此，科学证实了性信息素是一种惊人的强大的生理活性物质。

科学家们对感知到性信息素物质的雄昆虫是如何被诱到雌昆虫处的问题也进行了讨论，并做了各种实验。对雄昆虫如何被吸引来到几公里外雌昆虫的地方也有了解释，就这样，人类迎来了利用性信息素进行害虫防治的时代。

用美国白蛾做的实验

可是，真是这样的情况吗？我很怀疑当时的结论。如果吸引几公里外下风处的雄昆虫，那么在附近的雄昆虫会怎样呢？假如昆虫对性信息素物质那么敏感的话，雄昆虫不就不清楚雌昆虫会在哪里了吗？

我对危害樱花树的美国白蛾的雄蛾进行实际观察后发现很多令人费解的事情。首先，面对分明已经发出性信息素的雌蛾，雄蛾几乎都不是从远处下风口被吸引而飞来。在距离雌蛾三四米的地方，雄蛾与雌蛾的位置、风向都没有关系，而是随意地飞来飞去。而且，即使偶然飞到雌蛾附近，假如这个雌蛾在叶子的背面，飞来的雄蛾看不到它的话，那么雄蛾停留不到几秒钟就会马上飞走。

于是，我采用了极其原始的观察，将发出信息素的雌蛾放进网袋，使雄蛾从外面看不到雌蛾的身体，将网袋安放到大学楼粘贴在墙壁上的巨大黑色布匹的中央，并且记录下黑布外雄蛾的飞行轨迹。

于是，发现了有趣的事情。雄蛾只有在偶尔飞到装有雌蛾袋子的下风口两米以内地方时，才会改变飞行方向，向雌蛾靠近。这个距离以外在远处飞行的雄蛾，则会飞到完全不同的地方去。

也就是说，雄蛾并不是从几公里外的远处，被雌蛾的信息素吸引来的，而是完全随机性地飞行，偶尔飞到雌蛾的附近，即两米以内的地方，才会向雌蛾飞去。所以，即使把做了记号的雄蛾在远处放飞，该雄蛾有时偶尔也会来到雌蛾的地方，仅此而已。

而且我很久以后听说，从远处放飞雄蛾的实验，是在自然状态下一只蛾子都没有的季节里进行的，并且放飞的是人工饲养的、已经做了父亲的蛾子。假如

盛夏的夜晚，静悄悄地躲在樱花叶子背面，等待着天亮的美国白蛾。凌晨4点左右，当拂晓的亮光模模糊糊照射下来时，雌蝶开始扇动翅膀，发出性信息素。雄蝶开始飞舞起来这是真的话，雄蛾因为周围没有天然的雌蛾，所以会随意地不断飞，最后终会飞到陷阱中的发出性信息素的雌蛾处吧。实验本身也许是科学的，但那是基于错觉的实验。

再后来，某位美国的朋友说，性信息素并不表示“这里有雌性”，只不过表示了“这一带有雌性”的信息。对此我已经察觉并在学会上做了发表，雄昆虫在那一带并不是寻找雌昆虫的气味，而是为寻找“身影”而飞翔。

昆虫的性信息素会吸引几公里外的雄昆虫，这个故事就这样被“科学性”地塑造出来了。现在看来，这完全是错觉。但是，这个错觉推进了信息素的研究倒是不争的事实。也就是说，推进信息素研究的，并不是科学性的“事实”，而是由科学塑造的，或者说被认为是被科学证实的错觉。

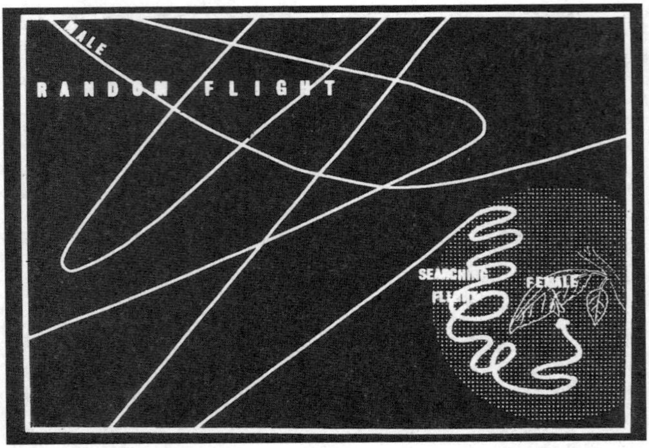

雄性美国白蛾，对空气中飘散的浓度及其稀释的性信息素产生反应，随意地飞来飞去（random flight）。
在随意飞行过程中，当偶然通过放出信息素的雌蝶附近（下风口大约两米以内）时，对这个高浓度的信息素产生反应，突然改变飞行方式和飞行速度。而且，慢慢地一边呈Z字形飞舞（searching flight），一边用眼睛寻找雌蝶，一旦发现则飞过去用触角接触雌蝶（female）的身体，确认后进行交尾（T.Hidaka 1972）

第8章
感知的范围与世界

菜粉蝶看不见红色

通过对动物感觉和行为的研究，明白了许多事情。比如，菜粉蝶能看见紫外线。包括菜粉蝶在内，许多昆虫能看到人类无法看到的紫外线。发现这个事实的是1973年与康拉德•洛伦兹[1]、尼可拉斯•丁伯根[2]一起获得诺贝尔医学生理学奖的德国生理学家卡尔•冯•弗里希[3]。在相当一段时间之后，我在此基础上研究了雄菜粉蝶如何认知雌蝶，并得知雄菜粉蝶将雌蝶翅膀背面反

1　康拉德·洛伦茨（Konrad Zacharias Lorenz，1903—1989），奥地利动物学家、动物心理学家、鸟类学家。

2　尼可拉斯·丁伯根（Nikolaas Tinbergen，1907—1988），荷兰动物行为学家与鸟类学家。

3　卡尔·冯·弗里希（Karl von Frisch，1886—1982），奥地利动物行为学家。

射的紫外线和黄色的混合颜色认知为雌蝶信号。

也就是说，这些昆虫可以看见人类看不见的紫外线的颜色——即紫外色这种特殊的颜色。我们看不见紫外色，原本就感知不到。因此，我们人类看到的花和菜粉蝶看到的花是不同的颜色。

可是，进一步进行各种实验发现菜粉蝶看不见红色。红色与暗色相同，并非一个颜色。于是，事情变得奇妙起来。也就是说，我们人类可以看到从红到紫（正确说法应该是紫罗兰色）的颜色。将这些颜色进行分解，就是所谓的彩虹色。可是，菜粉蝶看不见红色。它们可以看到黄色和比黄色波长短的光，但却看不到比黄色波长长的红色。

我们人类可以看见红色，但比红色波长长的光与暗色一样，无法感知其明亮度。所以取红色以外之意，叫做红外线。在黑暗中，无论怎样照射红外线，人类可以感知到它的热量，却无法感知到它的光和颜色。虽然常常觉得红外线炉子的颜色看上去是红的，但真正只散发红外线的红外线炉子，作为温度会感受到温暖，但不可能看到红色，也不可能看到亮度。按照这种说法，对于昆虫来说，红色就是黄外线。

人类眼睛可以看到的颜色中波长最短的光是紫罗兰色（Violet）的光。人类看不见比这个波长更短的光。我们把这种光称作紫外线。因为常把紫罗兰色（堇色）误认为紫色（英语将紫外线称作Ultraviolet，简称UV）。其他语言也一样。日本过去叫做堇外线，但不知何时变成了紫外线。顺便一提，紫色是紫罗兰色和红色的混合色，英语叫做Purple）。正如刚才所说，昆虫可以看到比紫罗兰色波长更短的光，即人类看不到的紫外线，并且能够看到紫外色这一独立的颜色。

人类永远感受不到的颜色

人类可以看到从红到紫罗兰色的颜色，并且将这些颜色均匀反射的颜色认知为“白色”。但是，许多昆虫看不到红色，并把黄色到紫外线看作光。对于昆虫来说，白色是包含了黄色到紫外线的光均匀反射时的颜色。因此，我们人类说的白色，与昆虫感受到的白色，是不一样的颜色。某个地方生长的绿色植物，还有那里开着的花朵，反射着从空中照射来的阳光。其中有很多也反射着紫外线。但是这部分颜色人类看不到，而昆虫能够看到。于是，原野的绿色和花朵的颜色，在人类与昆虫看来是完全不同的颜色。如此，基于不同的知觉范畴而构建的世界，对人类和昆虫来说完全不同。

这个问题一直以来都备受热议。最近，有几个博物馆试着通过戴上眼镜体验昆虫看到的颜色。但是，这种尝试注定不会成功。因为人类眼睛的构造本来就无法感知紫外线。

这是为什么呢？因为紫外线具有非常强的化学作用。夏天，紫外线强烈的沙滩，或者冬天强光照射的雪地，反射大量的紫外线。如果人类的肌肤接触到它，就会产生化学作用，导致晒伤，肤色变黑。但是，由于人类无法感知到紫外线的光，所以不知不觉中会严重晒伤。那是因为人们认为耀眼的东西是强烈的光而非紫外线。

为了避免紫外线不良的化学作用，人类眼睛的晶状体（水晶体）构造就是不让紫外线通过。所以，无论有多少紫外线，人类都无法感受到它。昆虫的眼睛构造略有不同，可以看到波长不是很短的紫外线，而人类看不到。人类的眼睛晶状体会吸收掉它，所以紫外线到达不了眼睛的感觉细胞。因此，无论戴怎样的眼镜，人类都无法感知到紫外线。

何况昆虫将紫外线的颜色区别于其他黄色或蓝色，并将紫外色作为独立颜色来认知，而人类对这种颜色究竟是怎样的颜色则一无所知。我们虽然看到各种各样的颜色，但除这些颜色以外，是否有紫外色这一颜色并不清楚。这是人类永远无法感受到的颜色。

环境界因动物种类不同而不同

由于存在着知觉范围的差异，人类所构建的世界与昆虫所构建的世界，至少在颜色方面是迥然不同的。我们虽然可以用理论进行各种思考，但无法真正感受到那是怎样的颜色。

人类可以感知到的最长波长的光为红色，最短波长为紫罗兰色。这两个混合的颜色，就是彩虹的七色由红色向紫罗兰色转变时红色和紫罗兰色重叠的紫色

（purple）。因此，从逻辑上我们可以知道昆虫可以感知的最长波长的黄色与最短波长紫外色混合的颜色，大概就是接近人类的紫色吧。但是，实际上是怎样的颜色，我们不得而知。

雄菜粉蝶将雌蝶翅膀背面黄色和紫外色混合的颜色，作为雌蝶信号认知而构建世界。人类虽然不知道这种颜色，但如果基于刚才的理论，可以推测其大概是接近人类认为的紫色。而红色和紫罗兰色混合的人类认知的紫色，与黄色和紫外色混合的昆虫认知的紫色，应该是各自不同的颜色。于是我们将人类认知的紫色叫作人类紫（Human Purple），将昆虫认知的紫色叫作昆虫紫（Insect Purple）。

可是，并非所有的昆虫都看不到红色。大部分昆虫能看到紫外线是事实，看不到红色也得到了证实，但凤蝶却可以看到红色。它最喜欢红色的花朵，吸收花蜜时最喜欢找红花。因此，尽管同样是蝴蝶，凤蝶既可以看到紫外线，也可以看到红色，所以它看到的光的范围要比菜粉蝶广。

对于凤蝶来说，从红色到紫外色均匀反射的颜色应该都是白色。对于菜粉蝶来说，由于看不见红色，所以有无红色都没有关系。对菜粉蝶来说，从黄色到紫外色均匀反射的颜色是白色。如果凤蝶是昆虫中的例外，那么对于多数昆虫来说的白色就是从黄色到紫外色反射的颜色，而对于人类来说的白色，则是从红色到紫罗兰色反射的颜色，与紫外线没有关系。对许多昆虫来说，是否反射红色都没有关系。

因此尽管都是白色，却是不同的白色。对于人类来说的白色叫人类白，对于昆虫来说的白色叫昆虫白，两者虽然都是白色却有所不同。

我们所看到的野地，对于我们来说是绿色，但对于昆虫来说是什么颜色就不得而知了。也就是说，我们所说的绿色环境，不知道对昆虫来说是否是绿色环境。虽是同样的物体，看到的却是完全不同的世界。

这个难道不是非常重要的事吗？而且，即使同样是昆虫，凤蝶看到的世界与菜粉蝶看到的世界也不一样。这样想来，就不存在所谓的同一个环境。有的仅仅是动物各自的主体构建的世界，这种环境界根据动物种类的不同而呈现出各种不同。

何谓接触化学感觉？

昆虫还有不可思议的感觉。它被叫做接触化学感觉（Contact Chemical Sense）。

昆虫一边走一边用触角碰触东西。碰触时，昆虫感知那个地方的气味或是味道，也就是那个地方的化学性物质。许多昆虫除触角外，譬如前肢前端也有这样的接触化学感觉。

比如，苍蝇在桌子上不停地走来走去寻找食物时，前肢的前端自然是放在桌子上。苍蝇走来走去，通过前肢感知渗入桌子的食物的气味。假如那是砂糖的味道，苍蝇就会反射性地伸出嘴巴舔舐它。

人类没有这样的感觉器官，所以做不到这点。人类无论怎么用手指去接触，也不会知道味道或气味。而要想用鼻子嗅味道，那就必须是在空气中飘荡的气味。可是，苍蝇和其他昆虫依靠整个触角不但可以从远处感知空气中飘荡的气味，而且用触角的前端或前肢的前端通过接触即可感知渗入到物体中的气味和味道。

人类由于没有这个功能，所以必须将鼻子靠近才能感知到气味。食堂会将酱油和酱汁装在容器里。最近一般都会在容器上写着“酱油”“酱汁”，而过去是不写的，所以不知道哪个是酱油哪个是酱汁。这时候人们会将瓶子拿过来，靠近鼻子，使劲地嗅气味来判断。由此通过微弱的气味来区分酱油和酱汁。昆虫用触角前端或用前肢接触，即使不嗅气味也可以区分出来。

问题在于接触。触角也是嗅觉器官，所以即使不接触，也可以从远处捕捉到空气中的气味。正是因为这个原因，许多昆虫一边飞一边可以感知周围的气味。但是有时为了了解某些特定部分的气味，就需要直接用触角或前肢接触它。此时并不是嗅觉，而是依靠接触化学感觉来认知。由接触化学感觉构建的世界，是人类无法想象的世界。

无法认知超声波的人类

除此之外，还有超声波。超声波，正如带的超字，是指比人类听到的声波振动数值更高，人类听不到的声音。

如果将人类耳朵可以听到的声音定义为“声音”的话，那么超声波已经不是声音，而是名副其实的超声波。它是比声音振动数值更高的空气振动。人类的耳朵无法捕捉到超声波。无论产生多少超声波，人类的耳朵都无法感知到它。人类能够感受到的只是某种冲击性的东西，而不是声音。

可是，正如大家所知，蝙蝠可以很好地捕捉到超声波，并且可以发射它。自己发射超声波，然后根据超声波被周围物质反射回来的时间，获知自己与对方的距离，并掌握对方活动的情况。这是蝙蝠著名的回声定位（Echo-Location ）。

人类无法通过自己的身体做到这点。但是人类通过蝙蝠发现了该原理，并使用同样的原理发明了机器，这便是雷达。通过雷达人类也可以知道超声波的存在。但是，绝对不可能通过耳朵直接感受到超声波。所以，我们对蝙蝠在夜晚黑暗中在自己的周围构建了怎样的世界，根本无法感知。

反之，因“自私的基因”论而闻名的理查德•道金斯写道：蝙蝠汇聚一起正在讨论，人类这些家伙好像不是用超声波，而是用眼睛一边看一边认知周围世界的情况。但是，这能做得到吗？不用超声波的话，这个世界不就无法认知了吗？

从某种意义上来说，假设世界的构建，并不是某种现实事物，而是在某个感知的框架内产生，那么，蝙蝠或蝴蝶所创建的世界，即使在同样的原野、同样的森林中，也完全不一样，它通过动物各自具有的某种错觉而构建。

生存是怎么回事？

同样的事情，不但适用于我们和蝴蝶在看所谓环境的时候，还适用于菜粉蝶同类之间看对方的时候。雄菜粉蝶的翅膀正面，在我们看来是白色的，背面略带黄色，几乎没有反射紫外线。可是，雌菜粉蝶翅膀正面是白色，背面是黄色，反射了大量紫外线。对于可以看到紫外线的菜粉蝶来说，雄菜粉蝶和雌菜粉蝶，看起来应该是不一样的颜色。到底会是什么颜色，我们不得而知。但根据人类眼睛色彩论的观点去思考的话，菜粉蝶看雌菜粉蝶应该是昆虫紫的颜色。

一定要说的话，也许是接近人类紫的颜色。

另一方面，雄菜粉蝶看起来应该是与雌蝶不同的颜色，几乎没有紫外线反射，且反射的是由黄色到紫罗兰色的颜色，所以根据人类色彩论观点去思考的话，可以想象那应该是接近蓝绿的颜色。如此，菜粉蝶看雄菜粉蝶时，也许看上去为蓝绿色。

在菜粉蝶的世界里，蓝绿色的雄蝶和紫色的雌蝶飞舞着，时而靠近时而远离，蓝绿色的雄蝶互相排斥，紫色的雌蝶之间也互不来往。而从人类的角度来看，两只白色的菜粉蝶时而互相吸引，时而远离。从颜色这个角度来看时，就是完全不同的世界。

构建世界并在此生存，就是指在知觉的框架下构建的环境界，在其间生活，观察，并做出与之相对应的行为，这就是所谓的生存。它们就是这样几万年、几十万年地生存下来。人类则创建了完全不同的另外的世界，并在其中一直生存下来。所谓环境就是如此，非常多的世界相重叠的事物。每个动物主体，如果不构建自己的世界，就无法生存下去。

第9章
人类的概念性错觉

由概念构建的世界

人类也有各种知觉性限制。比如，超声波人类就听不到。所以，人类无法感受到超声波是什么样的东西。

但是，许多方法都可以证明超声波确实存在。把机器的振动数值降低，我们就可以听到它。可是，此时能够听到的是在可听到的声音范围内，降低了振动数值已经变成了声音的超声波，而并非超声波本身。

紫外线也一样。紫外线从物理学角度来说，是地球上存在的电磁波的某一部分。人类的眼睛将其作为光可以感受到的范围是电磁波波长700纳米到400纳米之间。但是，偏离这个范围的，比700纳米波长长的电磁波就是红外线，或者比400纳米波长短的电磁波就是紫外线，人类的知觉就无法感知到了。

但是，通过机器设备将其转化为声音等方法，使人类虽然不能直接感受到，却可以理解确实存在某种波长的电磁波。而且，也知道被称为紫外线的电磁波，具有使人体晒伤的属性。或者比如红外线，虽然眼睛看不到，但肌肤可以感受到它的热量。因此可以利用它制作加热器等机器设备。

但是，由于人类无法将红外线作为光来感受，即便红外线就在这里，也不是明亮的，它只是一种黑暗。可是，如果使用能够探知红外线存在的设备，将它转换为电或光或数值，我们就可以知道红外线的存在。由此，我们虽然感受不到，但在知道其存在的基础上，可以构建相应的世界。

比如，紫外线会引起皮肤晒伤，夏天紫外线非常强烈，我们是通过概念在内的知识知道这些的。如果不想被晒伤，人类就寻找可以吸收紫外线的物质，并用其制造防晒霜，用来避免紫外线造成的晒伤。这正是因为人类在依靠概念构建的世界中，思考如何生存而产生的结果。

即使仅仅是电磁波，在物理学上也用途广泛，将电磁波与工程技术相结合，通过各种形式，为人类发挥作用。收音机、电视机、X光射线检查机等等都是这样被制造出来，并被广泛使用的。电子计算机也是物理学家根据研究电子作用的结果制造而成。我们当然无法看到电子这种东西以及其如何运动，但是，通过机器设备，我们知道它的存在，并据此构建世界。

还有放射线。不用说我们都知道放射线是物质的原子衰变时从原子核中迸出的非常微小的粒子。当然人类完全看不到它。宇宙射线也是如此。人类的肉眼完全看不到，照射到身体上也不觉得疼。可是，人类可以制造证明这种物质存在的机器。比如说，放射线可以用照片的胶卷来证明其存在。胶卷中含有银粒子，被放射线照射的话，银粒子就会被破坏，将胶卷冲洗出来就能看到了。

如此，虽然我们用肉眼无法直接看到放射线，但其产生的结果却可以通过肉眼看到，并由此可以了解到放射线这一物质的存在，同样也可以了解到地球上存在宇宙射线。

就拿最近因获得诺贝尔奖而为人所知的中微子来说，理论上已知道该物质可能存在。为了调查它是否存在，日本制造了巨大的超级神冈这一探测装置，尝试捕捉中微子碰撞水的粒子时产生的物质，结果让我们了解到确实存在中微子这种物质。由此我们知道了地球上存在着人类完全无法感知的中微子这一非常微小的粒子。

我们由此构建了一个世界。这样的世界只有人类才能构建。猫和狗则完全无法了解。它们既不知道中微子等物质的存在，也感受不到它，更不可能改变其形式去证明它的存在。因此，它们的世界里没有中微子这一物质存在。

但是，人类知道地球上存在着这样的物质，并且在脑子里以此为前提思考着这个地球。但现实感觉中则完全无法感受到中微子，所以，从某种意义上说这并不是现实。人类对于感觉上非现实的物质，设法将其改变为人类可视的现实，并在此知识和概念的基础上来构建世界，甚至探讨宇宙的进化。

观察看不到的东西

人类构建的世界，有许多就是以这样的形式创建的。我们现在使用的许多东西，比如手机、电脑、因特网，这些东西的实质内容，我们的肉眼根本无法看到。但将其结果显示在电脑屏幕上或打印出来的话，我们就可以看到。我们虽然无法看到电子邮件在天空中飞的情形，但如果使用合适的设备接收它，比如在手机的屏幕上就可以阅读邮件。但前提是要是自己可以理解的语言才可以阅读。

如此一来，从某种意义来说人类创造了不可思议的世界。这个世界是以前的人类完全想象不到的。

距今100多年前，也就是十九世纪末期到二十世纪初，人类使用知觉无法感知的电磁波的某一部分，创造出无线通信的方法，进而发明了收音机。

电磁波的这个部分曾被叫做无线电波，当然人类无法感知到它。但是，人类制造出了合适的装置，用其接收并改变成声音，由此确认无线电波的存在。而且，反过来，人类也可以让无线电波产生。于是，发射并接收无线电波并将其变成声音的收音机这一新的设备诞生了。

但是，收音机发明以前的人们并不知道无线电波的存在。因此，他们的世界里没有无线电波，也无法构建有无线电波的世界。但是我们知道无线电波的存在。

不仅是收音机，连电视机也产生了。还制造出了彩色电视。我们日常极为普遍地看着这些东西，但是，却完全不明白是什么样的电波以及如何被传送。我们通过电视接收器以图像的方式来了解它。现在我们通过它可以看到世界，看到世界上任何地方发生的任何事情。过去的人们就无法看到这些。人类的世界正不断地改变。

令人感兴趣的是，我们根据收音机或电视机中获取的内容来思考并认知世界是一种错觉，与此相对，无线电波和电子这类东西却并不是错觉。

假如无线电波或电子是被理论创造出来的错觉

的话，那么也许不可能制造出收音机和电视机这些设备。

但是，正如中微子的例子中所述，对于无线电波或电子这类东西存在的假想，就是错觉的问题。

使用假想被依次证明的无线电波和电子，制造出收音机和电视机的时候，我们明白无线电波和电子并非错觉而是现实的东西。这不是可以相信为现实的错觉，而正是存在的现实。

但是，在人类对无线电波和电子没有错觉的那个时代，这些东西根本不存在。这样说来，这些东西是依靠错觉呈现出来的现实。

而且，我们并不清楚那些通过收音机和电视机报道的内容是否是现实。因为，那不过是与报道相关人员的错觉的产物而已。

是否将那些内容认为是现实，也是错觉的问题。比如现在对伊拉克的报道，既有持认为美国正确这一错觉的人，也有持认为美国错误这一错觉的人。

无线电波和电子的存在，以及收音机和电视机这些设备，最终也许是依靠错觉产生的现实，但它们又会创造下一个错觉。人类构建的世界就是这样不断地变化。

文化的变迁

于是，许多事情成为了问题。比如之前有许多人认为需要收音机，但不需要电视机。主要是他们出生的时候有收音机而没有电视机，因此在他们的世界中只有收音机而没有电视机。所以，电视机就成多余的了。但是，后来出生的人，出生时就有了电视机。那时电视机已经普及，因此，他们的世界由电视机构成，就变成了没有电视机不行、没有电视机就无法构建世界。这大概就是所谓的代沟或因年龄层不同产生的感觉差异。

即使在同一时代同一年龄层，由于文化不同感觉也会有所不同。比如，在有些文化中，存在着非凡的神，世界是由这个神创造的，人类在其中生活并思考。当然，在现实世界中并不存在这样非凡的神，只是人们这样坚信。那里的人们似乎认为神与神之间存在着激烈的对立，并形成了复杂的宗教体系。

这并非现实，而是创造出来的世界。也就是说，这是某种错觉。根据这种错觉，这些文化中的人们思考着自己应该如何生活、怎样做会让神高兴、自己怎样才能生活得幸福，带着这些问题他们试图在自己构建的世界中生存下去。世界如何形成，又得益于谁，这类事情如果不通过错觉来构建的话，那个时代的人们一定无法生活下去吧。这个道理也适用于其他文化或文明。

人类从古至今，存在着各种各样的文化，人们根据各自具有的错觉，构建的世界也各不相同。而文化消失时，其世界也会崩溃，即灭亡。在同一地点，其他的人来了，或者也许是同一拨人，但文化变了，错觉或许也会变。如此，那里构建的世界也将成为不同的东西。

错觉也会变化

这并非那么久远的事情。仅几百年前人们还认为这个世界完全是平的。这是因为当时的人们根据平时的经历，认为世界就是这样，也没有觉得有什么特别矛盾的地方。于是，人们就那样认为并构建了世界，继而思考着在那个世界中如何生存，旅行时怎样做才好，要制作地图该怎么办。人们带着这些想法根据他们的理解去生活。

但是，正如大家所知，后来产生了地球似乎不是平的，好像是圆的这一错觉。而且，人们知道了许多可以证明该错觉的事实，结果原来的错觉就变成了地球是圆的这一新错觉。

于是，人们构建了地球是圆的这一世界，并思考在圆形地球中如何生存下去。假如地球是圆的，那么无论从西走还是从东走都应该到达同一地点，探险家对此做了实际验证，从而“发现”了美洲大陆和许多岛屿，发现那里的人们有着与欧洲人不一样的错觉，并据此构建了世界。

欧洲人屡次试图打破这样的错觉，试图让他们“改变信仰”，但是结果是这种错觉以奇妙的形式保留了下来。

我在书上（三浦信行著《诅咒术的帝国》，二见书房，1962年）读到过这样的故事，曾经是印加帝国土地的钦切罗（Chinchero）镇上，正式的天主教神父每到晚上都会变成当地传统的祭师，一边挥舞着十字架，一边庄严地读着“我现在以耶稣基督之名行巫术”。

不管怎么说，具有不同错觉的两种以上文化相遇时，多会发展出复杂的事情，变成错觉之争，由此产生新的错觉。

人类通过概念拥有错觉，并据此构建世界。其他动物也根据各自知觉范围内建立的错觉来拥有各自的环境界。知觉性的事物不会轻易地改变，所以每一代传承着完全相同的环境界，当然也会根据情况发生改变，但如果情况相同，那么环境界也总是相同的。比如像菜粉蝶，为了繁衍后代而寻找雌蝶的雄蝶，在它的环境界中就不存在花朵。但是，当它肚子饿时眼前就会突然出现花朵。然而，在它们的世界中，绝对不会出现无线电波、电脑、电子等这类事物。而人类通过各种探索，将原本知觉中不存在的事物，通过各种设备使其进入人类的知觉范围，从而了解到那些事物的存在，并由此接连产生错觉。其结果使人类构建的概念性世界也发生了变化。

我们感兴趣的是由人类概念性错觉创建的这个世界。其最大的问题是这个概念性世界、概念性错觉是如何形成的。

第10章
轮回的“思想”，另一种错觉

死的发现

人类将电子和紫外线之类知觉无法感知的事物，依靠技术带入自己的知觉领域，并使用各种设备和技术证明这些事物的存在，在对其进行调查和了解的基础上创造了各种各样的概念，然后进一步据此制造出新的设备。比如，人类利用肉眼看不到的电子特质发明了电视机，并通过电视机用肉眼看到几千公里之外的影像。人们为了帮助影像中的人脱离悲惨困苦的生活而开始四处活动，并在这些事情上体会到重要意义和人生价值。

假如电子不是真实的存在，完全是人类的错觉，那么就创造不出电视机。可是，人们对电视画面中出现的他人生活所产生的想法，我们或许可以认为是基于错觉产生的。人类中存在的现实与错觉，在前章所述的关系中，都参与了人类的世界（环境界）的构建。

但是，人类甚至以连现实中是否存在都不确定的事物为基础，通过进行概念性的创建，来构建世界。其中可以说得上的一个例子就是轮回转生的思想。

我不知道这个是否可以说成思想。也许应该说是感觉，它的起始年代好像非常久远。所谓轮回，就是人在死后，其灵魂转移到动物或草木或者其他人身上再次获得生命，就这样循环不断地轮回下去。这种观念大概源于人类发现了死这一事实。

不知何时，人们不幸地知道了这个世界上存在死亡这个东西，并且知道它总有一天会轮到自己身上。其他动物大概不知道吧，人们一般认为对动物来说，同伴死了的时候，也只是不会动弹了，喊也没有回应，不知道如何是好，仅此而已，并没有认识到“死亡”这一东西的存在。

死亡的发现对于人类来说，究竟是多大的威

胁呢？

人类必须面对死亡。人类与现在活着的、生存着的事物进行对比从而认识了死亡。而且，人类不想死亡并希望永远活着。于是，即使死亡了也会重生这一思想的诞生便不难理解。轮回的观念大概就源于此思想。

人们虽然很悲痛却也明白重生的话，自己就不会再是自己，假如重生，应该是其他别的东西。那会是什么呢，也许会重生为某个动物，或者植物或者自己的子孙，但动物、植物、子孙总有一天也会死亡。到此终结的话就不好了，所以应该还会重生为其他什么东西。通过这样的信仰，人类获得了自己可以永远活下去这一错觉。

轮回说的诞生

这种错觉的开端，大概是在数万年前吧。后来成为根据活着时的品行决定死后变成什么以及如何重生这一具有因果关系的轮回学说，大概是在一万年前。

山折哲雄先生说，公元前八世纪到公元前七世纪左右，印度的《奥义书》从哲学上讨论了人死后，根据生前的品行决定这个人重生为何种动物或植物这一形式的轮回说。

而在后来的印度，这种反复轮回转生的状态，被认为是虚幻的状态，于是通过宗教性的实践，产生了从这种虚幻中解放出来的想法。这种想法据说被当时印度婆罗门为固化阶级寻找借口而利用。这就是由原来的错觉逻辑性地创造出新的错觉，并由此构建新的世界。人类自古以来就不断重复着这样的事情。

另一方面，最初的轮回观念被佛教继承了下来。佛教的教义说轮回源于无知和执着，切断它就可以获得所谓的涅槃或解脱。做不到涅槃和解脱时，就以六道轮回的形式活着。六道轮回指人在死后要经过地狱、饿鬼、畜生、修罗、人、天堂这六种生活方式。古希腊也有轮回的观念。毕达哥拉斯、柏拉图等人主张灵魂不灭，主张人的灵魂重生在人类以外的动物或植物上，不断流转下去。并认为灵魂从现世到来世，从来世会再回到现世。

日本也随着佛教的传入同时接受了轮回的

观念。

但是，山折哲雄先生说，日本并非如印度那样的形式，而是宣扬假如现世做好事的话，到了那个世界也会有好事情，也就是劝说人们在世时做好事吧，这样的话就会得到回报，这是一种现世信仰。

除此之外，在许多民族、文化中，轮回这一错觉从很古老的时代就一直存在，被一代一代地继承下来。

无论怎么说，轮回观念并非现实性的事物。人们一直努力试图相信和证明假想出来的地狱或天堂真实存在。

虽然人们常常使用“地狱图”、“活地狱”、“看见了地狱”这些表达方式，“仿佛天堂一样”这样的比喻也极其日常化，但谁也没有在现实中真正看到过，所以这些都是不可思议的词语。但是，在错觉的世界中，这些词语可唤起极为现实的感觉。

这在许多宗教中更为明显。本来这些词语应该是主观性的东西，但那些所谓神的代言人在民众面前

“熊野观心十界蔓荼罗”（私人收藏、冈山县立博物馆提供）
该画也被称为“地狱·极乐之画”，它生动地描写了自战国时代末期至江户时代初期的日本百姓的生活和信仰。尽管任何人都没有在现实中看见过“地狱”，但人们的生活却伴随着对与中世纪不同的新“地狱”的认识

企图证明其存在。世界上自古以来就存在这些表达方式，现在也仍然扎根于人们心中。

留下基因的愿望

基于“基因的自私性”这一极为现代的概念而展开“自私的基因”（The Seifish Gene）理论的理查德•道金斯也论述到人类并不满足于只是像其他动物一样留下自己的基因，而是希望将自己的名声、作品，即自己曾经存在的证明留给后世。他将此表述为“人类不仅希望留下基因，还希望留下迷因（Meme）”。

这是与人类自带的永久性愿望相关的错觉问题，所以在此我想再详细地论述一下。

正如大家所熟知的，直到二十世纪六十年代为止，我们一直认为动物为了维持自己种族的延续而生存。包括所谓的自保“本能”在内，人们认为动物进化出复杂且精巧的行为繁衍后代，最终目的都是为了维持自己种族的延续。

也因此引起行为和社会形态以及避免同类杀

害的进化。没能完成这些进化的种族由于无法维持种族延续，所以现在已经灭绝。动物冒着危险努力进行繁殖，都是为了种族延续。在二十世纪六十年代前大家就是这么认为的，由于它有充分的说服力，所以包括生物学研究者在内，很多人对此都很信服。

可是，从二十世纪六十年代开始，随着动物行为学和动物社会学野外研究的昌盛，人们不断发现用该想法无法解释的事例。这些发现起源于第11章所叙述的众多动物杀死孩子或兄弟相杀的事例。

认真研究这些事例会发现那些被害的确实是自己种族的孩子，但是从加害方个体角度来看，那个孩子不是它的孩子，而是与自己无关的其他个体产下的孩子。

于是，人们产生了这样的想法，动物并没有考虑到种族之类的事情，它们所想的是尽量将与自己有血缘关系的孩子更多地留到后代。

目的不是种族延续

用这个观点来观察动物行为的话，那么以前人们认为无法理解的事情，也能很容易理解了。

这个想法也是查尔斯•达尔文（Charles Darwin）论述其进化论《物种起源》中记述的观点——就是说，更适应环境的个体将留下更多的后代。其结果就是具有这种特征的个体不断增加，物种也会向那个方向变化。如此，完全符合进化的产生。

因此，无论是雄性还是雌性，某个体是否能够更多地留下与自己有血缘关系的，即具有自己基因的后代，这就是该个体的“适应度”。由此产生了适应度（Fitness）或达尔文适应度（Darwinian Fitness）的概念。

关于这一点将在第11章论述。如果使用适应度概念，那么动物并非是为了维持自己种族的延续，而是每个个体旨在将自己的适应度最大化地生存。其结果使种族得到了延续。

如此，曾经为了种族延续的错觉，就变成了“为了增加自己的适应度”这一新的错觉。

何谓基因的自私性

但是，不知道适应度这一概念的动物，为什么会有那些行为呢？

道金斯认为，那是由于个体的基因操纵，才有了那些行为。也就是说，“希望”生存下去并不断增加的是基因。个体如果能够妥善自保的话，基因就会存活下去。如果个体能够增加自己的适应度，也就是说，如果能够生下更多的孩子，那么基因就可以增加。所以，基因是为了自己的自私利益，操纵自己寄宿的个体，使其产生那些行为。

这就是道金斯完成的基因自私性的错觉。他通过“自私的基因”这一句话使该错觉流传于世（《自私的基因》，日高敏隆等译，纪伊国屋书店，1991年）。

就这样，动物的每个个体，希望尽可能多地留下自己的基因才如此行动。人类也不例外。

可是，稍作思考就会明白，人类并非只是希望留下自己的基因，还盼望在自己死后，留下自己的作品、工作、名声和存在痕迹。这些也孕育了人类的文化。如何来说明这个事情呢？

于是道金斯提出了迷因（Meme）这一概念。

例如某位作家的作品或作曲家创作的曲子，一直留存到本人死了很久之后，不但留了下来，其书还被加印，曲子被多次演奏，唱片和CD的销量不断增加，也就是说，像基因一样不断增多。人类不但希望在自己死后自己的基因得到增多，也希望自己的作品不断增多。道金斯把后者称为迷因。

保留生存的意义

迷因一词由道金斯创造，指具有与基因（Gene）类似的性质，但与DNA不同，没有成为其根源的实体。只是类似的东西不断增加而已。道金斯出于模仿，创造了与Gene同样词型和发音的Meme这个单词。据他说，Meme一词的创造是在模仿这一意思的希腊语上获得了灵感。就像有首“诗人之魂”的民谣咏唱的那样：歌是诗人的灵魂，即使诗人死后很久，这首歌也在城镇中广泛流传。道金斯的迷因理论就像这首歌展现的内容一样，如果与基因进行对比来论述的话，迷因带有功利性。

道金斯强调了人类不仅希望像其他动物那样留下基因，还希望留下文化性的迷因。

这个错觉看上去好像刺激了人们作为人类的骄傲。迷因这个词瞬间风靡全世界。因为迷因这一错觉，是对人类无法形容的愿望，即对死后的生命或者轮回之类的现代表述。

也就是说，人们认为迷因这个概念，与“自己永远活着、想永远活下去”的错觉一致。通过拥有这种错觉，人类认识到自己生存的意义，获得了应该如何生存、如何行动的指针。

如果加以深思的话，这只能说是人们对无法证明事物的深信，完全是靠概念创造出来的错觉。但是，宣传这一错觉的宗教与信仰，将它解释得仿佛它是现实存在的，还附加了为何如此的理由。也就是说，这些宗教与信仰通过并非全是虚构的理论性构造，来宣扬轮回。根据轮回思想构建的世界，正因为具有某种理论的一贯性，所以要想破坏这个世界极其困难。与此同时，如此仅靠概念构建的错觉，正是人类特有的，并与人类的情感相结合而顽强地持续存在着。

第11章
没有错觉便无法认知世界

因时代和文化而改变

轮回转生这个错觉虽然很微妙，但通过这样认知世界，人们才得以生存。否则，人们就不知道该如何思考这个世界，也不会知道在这个世界中自己该怎么做，怎样生活。通过轮回这个不可思议的且毫无现实性的错觉，人们才得以建立自己生存方式的基础。

这与时代的新旧无关，也不是有多少“正确”知识的问题。人类如果不以某种形式认知世界，就无法生存。这与人类以外的动物根据知觉范围，从广大的环境中提取几个事物来构建自己的环境界，并由此获得自己的行动指南相同。

人类虽然也存在知觉的限制，但可以创建知觉范围以外的理论，只是看一眼就能够构建世界。正如岸田秀先生所云，人类可以拥有任何“幻想”。这是人类的优点还是苦恼，要看个人价值观的判断，但是，不管怎么说，人类可以逐步发展因时代和文化不同而可能变化的错觉，并由此认知世界。

毫无疑问，在任何情况下，如果没有基于某种错觉的世界认知，人类将无法生活下去。

正如第9章所述，过去的人们认为地球不是球形，而是平面的。在这个平面上，从自己生活的地方一直向北走，虽说很盲目，但遥远的地方一定会有其他的人或极乐净土，人们怀着这些想法度日。

在地球平面观中，地球是平的，虽然只有东西南北的方位，但是人们就是那样认知世界，并没有为此而苦恼。后来，随着人类知识的扩展，开始怀疑地球并非平面，而是球体。并且人们从各种角度试图证明这一点。常被谈到的是，从广阔的大海远处驶来一条船，首先看到的是桅杆顶端，然后才逐渐看到船的主体。如果怀疑地球并非单纯的平面而是圆形的话，那么许多事情都能帮助证明该观点。最终人类相信了地球是圆的，地球是真正的球体。

这样一来，想去世界某地时，无论向东走，还是向西走，应该都会到达目的地。从此，开始了大航海时代的冒险，并由此证明了地球是圆形的。但人类通过实际感受认识到地球真的是圆形的，大概是在人造卫星这一技术诞生以后。从位于地表很遥远的高空火箭上看地球，很明显就是一个球体。人类在实际看到圆形地球以前，就相信了地球是圆的，不得不说这是十分值得深思的问题。而现在，除人类以外的动物，与地球是圆的还是平的这一认识毫无关系地生活着。就连因往返南北极之间而闻名的北极燕鸥这种鸟，大概也没有认识到地球是圆形的吧。

变化的是人类的认知与错觉

但是，不管怎么说，在认为地球是平面的时代，人们在这个错觉上建立了对地球的认识，并自由生活在这个认识基础上的世界里。在地球是圆形的今天，我们也没觉得它多么不可思议，而是过着自己的生活。我们去海外旅行时，无意识地认可地球是圆形这一事实。现在的世界正是该认知的产物。科学的进步表明地球平面说不正确，人类拥有了地球是圆形的这一正确（科学上的正确）的认识。以往的科学史书是这样写的。

但是，如果这么说的话，现在我们所持的“地球是圆的”这一认识，也可以说只是一个错觉。

同样，该观点也适用于著名的天动说和地动说。人们曾经都相信地球是世界的中心，太阳围着地球转。这对当时的人们来说，绝不是错觉，而是事实。所以到了早上太阳从东方升起，中午太阳到达正头顶，然后西沉下去。晚间虽然看不到太阳，但人们相信太阳在自己站立的大地背面移动，到了第二天早晨，还会从东方再升起。

当时人们的世界就是这样构建而来的。美索不达米亚和埃及都在这样的世界中留下了各种各样的历史，建造了建筑，埃及艳后也爱上了恺撒。

再后来，哥白尼发表了并非太阳在动，而是地球绕着太阳转这一地动说。这对当时的人们来说，大概是令人恐惧的错觉吧。相信地球旋转无疑是件令人恐惧的事情。但是，这个错觉通过各种发现，告诉我们它是事实，现在人们不再怀疑地动说了。可是，人们的日常生活因为地动说发生怎样的变化了吗？实际上，人们生活的地方与过去没有多大的不同。

创作于天动说时代的希腊悲剧，现在地动说时代的人们在阅读时还觉得很感动。而太阳和地球的位置，也被定位在宇宙这一广阔的空间里，我们将其作为知识来认识，并构建了我们的世界。变化的不是地球也不是太阳，而是人类的认识和由此建立的错觉以及由错觉所构建的世界。

该错觉的转变，并非发生于几万年间而仅是这几百年间。由此，尽管人类本身几乎没有变化，但人类所构建的世界完全改变了。而且无论是哪种情况，都是根据当时的错觉来认识世界，并构建世界。翻开古籍，我们就可以知道当时的人们以某种形式认识并试图理解自己生活的世界。

即便不是用文字记载的古籍，就看埃及和苏美尔留下的绘画，这点亦是显而易见的。大家熟知的那些精致缜密的埃及画，难道不是如实地描绘着当时人们对自己生活的尼罗河世界的认知吗？三万年前的洞窟壁画也是如此。

重要的是，那些时代一定存在某种认知。这个认知后来被改变了，发生了变化，所以人们相信的只不过是一个错觉而已。可是，没有这个错觉的话人们的世界将无法构建。

个体的适应度

即使在现代，我们也有很多错觉。我们曾经以为动物是为了维持自己种族的延续而生存、争斗，因此，动物才被赋予了组合一系列精密行为的能力。我们相信这些被称为本能的行为组合，都是为了种族的存续。

但是，如前所述，根据二十世纪六十年代对野生状态下动物的观察而获得的许多发现，使我们开始对这个信念产生怀疑。其开端就是印度灰叶猴和非洲狮的杀婴行为。

印度灰叶猴的社会单元是一只公猴与几只母猴组成的大家庭。在这个大家庭中，每只母猴与一家之主的公猴产下小猴，并把它们抚养长大。长大后的年轻公猴会离开这个家庭，然后去袭击其他家庭，并赶走原来的那个一家之主的公猴，同时接管那只公猴的家庭。之后会逐个伤害原来那只公猴与母猴所生的小猴，最终全部杀掉这些小猴。

同样的情况也出现在非洲狮身上。

雄性动物的行为是为了种族延续，但用这种当时一般的认识则无法解释发生在灰叶猴与非洲狮身上的事情。

那也不是种族延续所需的调节人口（个体数量）的手段。因为杀掉小猴的公猴，会逐个与家庭中母猴进行交配，使之产下自己的孩子，所以个体数量并没有减少。

这个现象被揭示出来后，人们逐渐发现类似的现象在许多动物身上都发生过（日高敏隆著《自私的死亡》，弘文堂，1989年）。不仅是雄性动物，雌性动物的杀婴行为也不足为奇。

于是，我们就不能认为动物的这种行为是为了维持种族生存而做的努力。那么，动物的目的究竟是什么呢？

那不就是每个个体，想尽可能多地留下有自己血缘，具有自己基因的后代吗？

这么想的话，动物的行为就可以理解了。而这个结论与达尔文进化论的核心吻合，即“更加适应环境的个体将留下更多的后代。其结果是，更加适应环境的个体不断增加，并朝着这个方向进化”。

由此，把某个体（或雄或雌）能否更多地留下具有自己基因的后代，称为该个体的“适应度”。适应度这一新概念就这样被引入了。如果使用这个概念来表述的话，就是说，动物并非为了种族延续，而是每个个体试图尽可能地增加自己的适应度而生存。

雌性如何选择雄性？

如此一来，动物不是为了物种存续而生存，动物行为学完成了与原有错觉不同的另外的一个错觉。无论是雄性还是雌性，物种的每个个体，为了尽可能更多地留下自己的后代而争斗，并试图更多地产下具有自己基因并可以生存下去的后代。为此，某一物种的个体，总是在与同物种的其他个体进行竞争。

雄性为了留下更多的后代，期望与更多的雌性交配。它们向雌性展示自己的魅力、自己美丽的羽毛、获取猎物的本领、自己的强壮等等。另一方面，雌性为了留下后代也需要雄性。但是，雌性知道自己生下的孩子一定具有自己的基因，所以总是不得不照顾孩子。因此，雌性为了养育孩子，期望与能给予更好条件的“优良”雄性交配。

优良雄性的基本特质是健康、强壮。雌性就从靠近自己的雄性中选择满足该条件的某个雄性。这是所谓的雌性的配偶选择权。任何物种的动物，雌性都实行该选择权。但是，选择的具体做法，则因动物种类不同而各不相同，人类也因文化和时代的不同而大不相同。

例如孔雀，雌孔雀会选择最美丽的雄孔雀。因为雄孔雀的美丽与其健康状态有关。在许多青蛙里，雌性会选择声音最大、发声最有力的雄青蛙。由春到夏的田地里，雄青蛙进行所谓的大合唱，就是因为这是雌青蛙的选择标准。另外，蚊蝎蛉科的昆虫，雌昆虫会与给自己带来又大又好吃的猎物的雄昆虫交配。

就这样，雌性总是选择健康强壮的雄性。这并不是为了生育健康的后代。任何雌性都希望留下更多自己的，也就是具有自己基因的后代。与更健康的雄性交配最适合留下更多后代、并将自己的适应度最大化。每个雌性的选择，以及被选择的雄性之间所进行的竞争结果，使每一代子孙不断地产下更加健康的子孙。

物种就这样延续了几十万年。但是，这只是希望尽可能多地留下自己后代的每个个体错觉的结果。换言之，这是雄性或雌性期望将自己适应度最大化这一错觉的结果。物种存续不是个体的目的，也不是目标，仅仅是单纯的结果。

人类也是如此。如果说有区别的话，至少公开地来说，人类是一夫一妻制。但这也不仅限于人类。一夫一妻制的动物，除人类以外还有很多。在这些一夫一妻制的动物中，也存在雄性选择权。也就是说，由雄性来选择雌性。

无论是哪个物种，产下的后代中只有可以更好地适应现在环境的个体才得以生存，并不断繁衍下去。

物种就这样得以维持，并产生进化。这就是当今的观点。

自不必说，这并不是以二十世纪六十年代为界动物才有如此变化。动物一直以来都是一样的，只是我们的解释改变了。在现代生物学上，这个解释被认为是“正确的”。如果是这样的话，那么动物为了种族延续而生存的这一曾经的观点就是一个错觉。

当然现在的解释也许是另外一个错觉。但是，根据这个错觉，我们可以站在新的动物观上来看待动物。今天，人们认为这个解释不但适用于动物，也适用于植物。我们的生物观以二十世纪六十年代为界，基于新的错觉而产生。

进化毫无目的与计划

这个错觉意味着进化没有任何目的，也没有任何计划。适者生存，这就是全部。所以，当环境变化时，生存就变得困难，甚至发生恐龙灭绝之类的事。

关于生物灭绝，长期以来一直存有争议。假如生物由神创造，那么灭绝也许可以说是神的失败，但假如连灭绝也是神的旨意，那么神应该可以支配所有生物的生死，所以灭绝也就变得不得已而为之了。如果不认为生物由神创造，那就必须说明灭绝的理由。人们能想到的理由有巨大陨石的冲击、地球的寒冷化、或者“物种的寿命”等等。

我们基于现在的新错觉，从无法留下后代就会灭绝这一理所当然的事情着手，力求对灭绝的理由进行解释。这与神的意志或物种的寿命相比，难道不是更具有现实意义吗？

植物有世界吗？

如此考虑一下的话，就会让我们明白错觉所具有的价值。也就是说，不具有某种错觉，就无法认知或构建世界。创造错觉的是理论，但产生理论的，极端地说是神经系统。动物的神经系统有极其简单的，也有像人脑那样极其复杂的，毫无疑问前面所述动物的环境界也产生于神经系统。

由此，大概所有的动物都通过自己的错觉，构建各自的世界。人类通过重组概念，又产生出新的概念，也就是某个新错觉，并通过这个错觉构建世界。如果没有神经系统，世界也许不会存在。神经系统并非通过捕捉现实的东西创建世界，而是通过创造某种形式的错觉来构建世界。

这样一来，没有神经系统的植物有世界吗？一棵松树，会有松树的世界吗？这里所指的不是我们从外表看到的，通过基于理论的错觉想象的“松树的世界”，而是松树自己构建的、认知的世界。一般认为这样的情况大概不存在，但说实话，这个我是真不知道。

植物没有神经系统，所以有人认为它低等。但是，现在我们已经清楚地知道植物的生活方式其实极其复杂，问题不是低等或高等。动物具有神经系统不知是幸运还是不幸。就因为有神经系统，动物不管愿意还是不愿意，构建了世界这一事物。假如植物也有它们的世界，那么与动物的世界一定完全不同吧。因为至少它不是通过错觉创建的世界。

植物对气温、地温等各种微气象及其变化与发展的反应极其敏感，对太阳光的强弱以及降水等水分、湿度和其变化也给予惊人的细微反应。植物在一定期间内生长的高度几乎一样，在一定时期开花，并准确受粉，种子成熟后使果实改变色彩和形状，以便让鸟类和兽类吃掉，易于种子的散布。但是，所有这些都是通过繁衍后代的数量这一适应度问题而得以确立，并非通过认知世界并采取相应的行动所形成。

对此，对具有神经或相当于神经物质的动物来说，该动物构建的世界便成为了关键。每个动物，根据各自的知觉范围，构建对于自己来说有意义的世界，并为应对认知的世界采取相应的行为而得以生存。其成功与失败的判断与植物一样要通过适应度这一问题，但在“世界的认知”这点上，动物与没有神经系统的植物则完全不同。这个世界认知，正如前述，都是建立于某种意义的错觉之上，如果没有由某种错觉产生的现实主观性，就不可能产生对世界的认知。

终章　我们正在做什么？

动物的错觉与感知的范围

正如前面举的几个例子，无论是我们人类，还是人类以外的动物，都是通过某种形式的错觉构建世界，并在其中生活。

具有怎样的错觉，会因动物的不同而有所不同，但最根本的基础是感知的范围。能够将紫外线作为颜色看到的昆虫将黄（黄绿）、蓝绿、蓝这三个原色与紫外线混合，构建色彩世界。对于将红、黄、蓝作为三个原色，看不到紫外线的人类来说，这是无法实际感知的世界。

追问哪个世界才是真实的，毫无意义。昆虫应该认为它们看到的世界才是真实的吧。如同我们人类认为我们所看到的世界才是真实的一样。

但是，当昆虫和我们都在看同一处草木繁盛，鲜花盛开的自然一隅时，所看到的世界应该是完全不同的吧。我们无法说哪个是真实的，因为那不过是昆虫和人类针对同一个事物通过各自的错觉而产生不同认知。

即使同样都叫作昆虫，其中也有许多的种类。比如第8章提到凤蝶似乎能看到红色。除了一般昆虫的色彩知觉范围内的黄、蓝绿、蓝、紫外线外，凤蝶还能看到红色。如此，虽然同是昆虫的一种，也同是蝴蝶的一种，菜粉蝶和凤蝶却具有不同的色彩知觉范围。因此，无疑这两种蝴蝶所构建的色彩世界也不尽相同。

菜粉蝶的世界里不存在红色，即便红花具有大量的花蜜，它们也不会飞到有红花的地方。可是，在有红色的世界里生活的凤蝶却喜欢飞到红花上充分地吸收花蜜。许多红色花的花蕊和花粉是黄色的，所以菜粉蝶可以通过这个黄色认知花朵。在菜粉蝶的世界中，大红花瓣的花朵大概如同黑暗中的小黄点。但那个小黄点意味着花蜜，因此它们在由自己的错觉所构建的没有红色的世界中，充分吸收花蜜而得以生存。

某种动物具有怎样的错觉，首先由该动物的知觉范围决定，但那只不过是基础。重要的是该动物给什么赋予意义。根据其意义，对于该动物来说的世界，正如第6章所述，每个时节都会变化。那是因为它们每个时节寻找的东西在改变，由此错觉也发生改变。这正如交配前和交配后菜粉蝶的例子所述。

不戴有色眼镜就无法看到东西

如此，所谓客观的某个环境等于不存在。同一个树林，因在其中生活的动物不同，且每个动物的状况不同，现实环境不断变化为各种各样的世界。

构建各自世界的是该动物每个时节里具有的错觉。岸田秀先生的“唯幻论”，也适用于人类以外的动物。

通常所说的“动物”，在各自的知觉范围内创造错觉，并根据情况而改变错觉。由此，该错觉所构建的世界也不断地改变。对于人类来说，这点也完全相同。

并不是说人类是本能被破坏了的动物，所以才有错觉。具有“本能”的动物（人类以外的动物）也拥有基于其本能创建的错觉，并在错觉构建的世界中生活。错觉不是人类的垄断专利。

重要的是如前章所述，没有错觉就无法认知世界。虽然我们常说“不能戴着有色眼镜看东西”，但实际上不戴有色眼镜就无法看到东西。我们自以为与“动物”不同，不戴有色眼镜可以客观地看事物。而且认为必须尽可能地那样做。但是，这是个巨大的错误。

而且这个所谓的“客观性”，即“科学性”也有问题。正如第7章所述，“赋予科学根据的错觉”，从以前开始就举不胜举。由此，我们人类的世界认知和世界观以及人生观也都发生了大幅度改变。翻开二十世纪前半叶的科学史书，就可以明显看到变化的痕迹。

这个变化在不同的年代间也会发生，这一感觉以前就存在。“现在的年轻人……”这种语气的涂鸦，在埃及古遗址中就有发现。因此“变化”在更早之前就存在。

但是，问题并不是像这种世代论的东西。人类因年龄不同而发生错觉的变化，人们根据每个时代的错觉认识世界，构建世界。正如俗话所说“历史总是反复”，伴随世代乃至时代的变迁，作为错觉变化的结果，在某个时间后，有时还会具有同样的错觉。

我们接近真理了吗？

这是人类与其他动物决定性的区别。其他动物不会有真理。菜粉蝶的知觉范围从几十万年前开始就这样，并据此认知世界。菜粉蝶只要是菜粉蝶，就不会改变其错觉的形态，因此，它们认知并赋予意义的事物及所构建的世界也是一样的。

但是，人类的情况则不同。

地球从平的变成圆的，运动的不是太阳而成了地球，这自然不是地球本身变化了，而是人类的认识变化了。现在想来我们曾经将不是事实的事物，认为是事实，只能说这些认识是基于错觉产生的产物。

人类到目前为止发现了许多事物，并在理论上“证明”了知觉无法感知的紫外线和电磁波等事物的存在。错觉也随之发生了改变。对世界的认知也因此而改变。

光是粒子这一理论成立后，人们对于太阳光的认识也改变了。

当光不是粒子而是光波这一理论被认可时，认识又有了改变。而当光既是粒子又是光波这一在我们的知觉范围内无法理解的事物得到理论性的解释时，除了一部分学者以外，光又恢复到了以前的光。

这些发现和理论的提倡，由一部分极少数的学者进行。进入二十世纪后，卓越的发现和理论，被授予诺贝尔奖这一殊荣。但这其中有许多被后来的发现和理论所超越。学者们究竟在干什么呢？至少不是发现真理。

学者、研究者们这样说：我们正力图接近真理。

假如真理存在的话，这些话可以理解。确实今天的我们比过去知道了更多的事物。可是，由此我们接近真理了吗？

也许对物理的现实世界可以这样说。可是，正如我们知道客观环境这一事物是不存在的，追究我们认知的某个世界是否真实则没有意义。

人类也好，人类以外的动物也罢，只能通过错觉来认知和构建世界。如果无法认知某种形式的世界，就无法生存下去。人类以外的动物具有的错觉，似乎受知觉范围的限制而有所限定。但是人类可以超越知觉范围，理论性地构建错觉。

如果要问包括学者、研究者在内的我们正在做什么？我觉得答案只有一个，那就是我们以探究事物，思考事物，并获得新的错觉为乐。这样获得的错觉虽然只是短暂的，但我们却认为由此开创了新的世界，那是新鲜的喜悦。人类就是以此为乐的不可思议的动物。无论是否有经济价值，为了人类身心健康地生活下去，这种喜悦不可或缺。

这也只不过是另一个错觉吧。但是，由此也许可以构建不受死板的美学与经济束缚的世界。

后记

为了研究，或者毫无目的地观察动物的行为时，有件事情我很在意，那就是：动物如何认知自己周围的世界。

无论怎么思考，都无法认为它们与我们人类以一样的眼光看待这个世界。并且有很多时候，我认为不同动物看待这个世界的方式也会不同，即使同一种类的动物，雄性和雌性所看到的世界也完全不同。

我认为不仅为了了解动物，即使在思考我们人类的世界认知方面，这个问题也极其重要。因为该问题会让我们重新审视“客观性”“事实”“科学性”之类我们平时惯用语的含义。

我听了朋友土器屋泰子女士的建议，决定将这些情况坦率地写出来。

二〇〇三年十月

日高敏隆

解说

村上阳一郎

我在为即将登上最高职位的企业家而编写的培训讲座教材中，采用了乌克斯库尔《生物看到的世界》中的一节，那里写了蜱虫的故事。蜱虫长时间待在树上，专心地等待着哺乳动物的经过。蜱虫没有眼睛，所以，仅仅依靠路过的动物皮肤发出的酪酸气味，以此为目标从树上落下，然后通过感知温度的皮肤感觉的引导，移动到皮肤毛发稀少的部位，并在那里吸血，这样才算找到食物。

这件事似乎给许多这个讲座的研修者带来了巨大的冲击。当然，蜱虫生活史上的特异性也是一个冲击。但是更具刺激性的是，对蜱虫来说，“世界”仅是由酪酸气味和少许温度差的感觉所构成的这一论点。该论点同时关系到如何看待对人类来说的“世界”。乌克斯库尔断言人类也是如此，但同时指出人类通过使用各种人为的方法，拓展感觉的界限，在某种程度上学会了扩大自己的“世界”。我在参考文献的开头，举出了乌克斯库尔的翻译者之一，日高先生的这本书。该年度研修者的同窗会被命名为“蜱虫之会”。顺便说一下，本书第2章的开头，提及了乌克斯库尔对蜱虫的探讨。

本书的题目是“动物的错觉”。作为动物行为学家的日高先生，力图逐个搞明白每种动物如何认知“世界”，这是极为自然的事情。当然人类不可能变为蜱虫，也不可能变为猫，变为菜粉蝶。所以，无法将蜱虫的世界、猫的世界、菜粉蝶的世界，原封不动地当作自己的世界来认知。但是，日高先生说，通过仔细观察它们的“行为”，大概可以较准确地推测出它们的世界。在此日高先生也引出了，人类的世界应该也是如此这一论点。从某种意义上来说，这是非常大胆的见解。我将在后面力图说明说他大胆的理由。

先讲一讲动物，乌克斯库尔将对于某种动物来说的“世界”用德语称作“Umwelt”。“Um”的英语是“Around”也就是“周围的”意思，“Welt”的英语相当于“World”的意思，所以一般理解为将自己“围绕着的世界”这个意思，通常翻译为“环境世界”〔日高先生以他自己独特的视角，建议翻译为“环境界（日文为环世界）”，详情请参照本书第56页〕。其意思虽接近“环境”这个词，但却有决定性的不同。环境这个词，指的是个人或社会集团所处的整体状况，特别关注科学上的温度、湿度、气压等物理性要素以及森林、海洋、城市的沥青等自然性·人为性要素。而这些要素基本上不受个人或社会集团的存在的约束。这就是所谓的“客观性”环境。但是，由乌克斯库尔提出的，日高先生又以巧妙笔触在本书中所描绘的“环境”，正如你已经读过的，是对存在于那里的动物来说的“环境”，它分明是“相对性”的环境。蜱虫的“环境界”与猫的“环境界”完全不同。在这一点上本书让我印象尤为深刻的是，以日高先生多年来的研究对象菜粉蝶为例的第6章。那是一个关于菜粉蝶这一物种的“环境界”会随着状况的不同而变化的颇有意思的研究。在这里，与其听我不擅长的描述，不如享受正文中的日高先生的描述。

而人类既然是动物的一种，该研究也应该适用于人类。虽然也许是这样，但我们总是不自觉地认为人类的“环境界”才是最广阔、最充实的，在此基础上，也如乌克斯库尔所承认的那样，人类既然开发了各种扩充感觉的手段，就往往容易认为那才是“客观的”世界，其他动物的“环境界”只不过是其中的一部分。但是，日高先生明确指出这是错误的认识。比如人们一般认为狗的嗅觉所展现的“环境界”超过人类的“环境界”，从这点即可明显地看出人类的“环境界”大于动物的“环境界”这一观点并不正确。

但是，日高先生的论点，更深入到了根本性问题。本书的一个关键词是“错觉”。据说受岸田秀先生“唯幻论”的启发而使用“错觉”这个词，是为了指代我们无意识使用的“现实”世界。现实即是“错觉”，这到底是怎么回事呢？

原谅我突然转变话题，在哲学的世界中，有个观点叫做相对主义认识论。当然并非所有哲学家都同意这个观点，甚至于“正统”的哲学家对此评价极差。

总而言之，相对主义认识论是这样一个观点：人类认知的“世界”，绝不是普遍的、客观的，更不是绝对的。这种观点也渗透到部分科学世界中，例如库恩的“范式理论”等，作为引入并普及相对主义科学观的代表，受到了一部分哲学家和大部分科学家的批评（有时是谩骂）。我作为相对主义科学观的一派，似乎在网络空间里也受到许多批评（说“似乎”是因为在网络上我完全没有阅读涉及自己内容的习惯）。关于动物，二十世纪三十年代提出“环境界”理论的乌克斯库尔，当时同样也是极不受欢迎的，日高先生在书中写到他“没有能够成为大学的正式教授”。

但是，人类的“环境界”绝不是绝对普遍、共通的一块巨石，无论怎么思考，这难道不是理所当然的吗？如同菜粉蝶的环境界上午和下午不同一样，对下雪有50多种不同说法的因纽特人的环境界，与至多只会说鹅毛大雪、粒雪、细雪的我们的环境界，绝对不同，而通过牛顿力学的框架所看的环境界，和通过热力学框架所看的环境界，也一定有细微的不同。由此来看，比起“相对主义”，或许称作“复数主义”或“多元主义”更合适。人类的“环境界”，根据这个人是什么人，而存在许多不同的“复数”，这样想难道不更为自然吗？也就是说，环境界的定义，既然是存在于那里的有机体与环境相互干涉而构建的，那么作为主体的有机体如果变化了，理所当然其环境界也将发生改变。

日高先生作为科学家，在本书中明确论述了该观点。但是该观点对于一般哲学家，以及更加重视“客观性”的科学家来说似乎难以接受。这也是我说他“大胆”的理由。